盲神

马广 著

江苏凤凰文艺出版社
JIANGSU PHOENIX LITERATURE AND
ART PUBLISHING, LTD

不完全阅读指南

1 如果您想体验科幻电影一般震撼流畅的观感，请单独阅读①的部分。

2 ⓪的部分也是独立故事。如果在①中有不解之处，可能会在⓪中找到答案。

3 如果您选择正常顺序阅读，可能非常烧脑，请自备灭火工具。

4 本书的最终解释权归您所有。

目
录

第一章

植物人

1

这是我生命中最黑暗的一刻，我丈夫遭遇严重车祸在手术室抢救，我只能忍着泪水坐在医院走廊冰冷的长椅上祈祷。

也不知道过了多久，分分秒秒仿佛在心头爬过的千万只蚂蚁。手术室的红灯熄灭，一位男医生走出来，摘了口罩，问：谁是陈榆的家属。我的心一下子吊到嗓子眼，人想站起来，腿却不听使唤，抖个不停，只能向医生招手示意。

"我是他妻子。他怎么样了？"

医生走过来。

"手术很成功。"

"太好了。"神经稍有放松，眼泪便控制不住了。"现在能去看他吗？"

"虽然手术成功了，但情况不乐观，你要有心理准备。"

"为什么？"我胡乱抹了一把眼泪。

"他的肋骨被撞断了六根，五根刺进肺部，有一根几乎刺中心脏。左臂严重骨折，手术之后，这些伤势基本没什么问题了。但是，他的头部受到了严重的撞击，人一直处于昏迷状态。我们无法确定他能不能醒过来，什么时候会醒过来。"

"什么意思？"

"患者可能会成为植物人。"

"植物人？"我的脑袋里一团乱，只能毫无意义地重复医生

1

的话。

"对的，植物人，所以我建议你们加入盲神计划，越快越好。"

"盲神计划？"听起来有点耳熟。

"是我们医院的一个医疗项目。"医生继续介绍，"是一套专门用于唤醒植物人的人工智能系统，完全免费。目前为止，在我们医院已经成功唤醒了六十多位植物人。"

"是一套人工智能系统？"我对人工智能一窍不通，我丈夫却是人工智能方面的顶级科学家。也就是说，这个盲神系统和我丈夫有关？我感觉自己马上就要想起来了。

"有什么顾虑吗？"医生问。

"关于这个盲神系统，能讲得具体点吗？比如是哪家公司研发的？"

"是爱美科技的项目。"

爱美科技，是我丈夫的公司。

记忆的阀门猛然打开，我想起来了，虽然时间久远，但每一个细节都清清楚楚。

那是一个晚上，我们已经在床上躺好，准备睡觉了。他突然问我，你知道 The Blind God 是什么意思吗？他总是这样子，喜欢在吃饭和睡觉前和我讨论一些他认为很有趣对于我来说却相当枯燥的问题。我很困，基本也没过脑子，随口说，盲神？他说不是，是爱神的意思。我说，哦，有意思，关灯吧。他关了灯，却还是意犹未尽，继续说，之前我一直有点困惑，The Blind God 为什么会是爱神呢？被你刚才这么一说，我突然想明白了，爱神其实谁也不爱，不然就做不到公正无私啊，对不对？他推我。我说对，对。你说的都对。他并不在意我的不耐烦，接着说，所以，他是盲的，不是说真的瞎，而是那种"天地不仁，以万物为刍狗"的感觉。可是问题又

1

来了，谁也不爱，他又怎么会懂得爱呢？我想快点结束话题，敷衍他说，因为他是神，所以什么都懂。他亲了亲我的脑门，说，不管怎么说，盲神这个名字挺酷的。我说，嗯，我也觉得。他又说，我研发了一个新的人工智能，就叫这个名字，你觉得怎么样？我搂紧他，说，好，就这么定了，我们睡吧。

"是我丈夫的项目。"我的眼泪汹涌而出。我又看到了希望，明晃晃的太阳一般的希望。我丈夫的人工智能当然能唤醒我丈夫。

"你丈夫的项目？"医生一时难以理解。

"爱美科技是我丈夫创办的公司。盲神是我丈夫研发的。我们加入。"

"这样啊。"医生略感吃惊，"那我现在就去安排。"

办好手续，签了协议，等了一会儿，我随着护士走进病房。他躺在病床上，一动不动，身上缠满了绷带，插了无数根管子，脸肿得像面包，不仔细辨认根本认不出是他。我的心都碎了。如果躺在病床上的是我，也许还会好受些。

"需要我做什么？"我深呼吸，稳定住情绪。

"盲神系统分为两部分，一部分是纳米机器人，已经注射到他的体内，还有一个外部连通设备。"医生指了指病床旁边一个米黄色半椭圆状的沙发样装置。"就是这个。你只要坐到里面，回想你们之间的故事就好了。纳米机器人会修复大脑的物理创伤，同时对你提供的信息进行再加工，用另外一种方式刺激他的大脑，以达到唤醒的目的。原理大概就是这样。"

"好事坏事都可以想？"

"只要是你认为有助于激励他醒过来的事情都可以。"

1

"明白了。"

我振奋精神，在护士的指导下，坐进"盲神沙发"。

"你好。""盲神沙发"柔声说。声音和我的很像。我险些又哭了，这是他的设计，确定无疑。

"你好。"

"如果还有疑惑，也可以直接问它。"医生说。

"好。"

"那我们先出去了，有事按铃叫我们。"

医生和护士退出病房。

"现在可以开始了吗？"我问。

"请您放松，向后靠。"

我照做。它缓缓调动靠背，停在最舒服的角度。

"现在可以开始了。"

我闭上眼睛，长长吐出一口气。

想什么好呢？本来今天还真有一件有趣的事要和你分享，现在全然想不起来了。算了，要不就从头开讲吧。

还记得我们是怎么认识的吗？想起来就好笑，也难怪每次和朋友提起他们都不相信。没错，我们是在大学的唯一一届麻将大赛上认识的。有传言说，之所以会有那一届麻将大赛，是因为校长夫人突然迷上了麻将，但总是输，所以校长想选拔人才，请麻将大赛的冠军去给他家夫人当老师。最后，你是冠军，我是第三名。我们就这么认识了，算是一个桌上打过麻将的牌友，但还不熟。直到有一天傍晚，我去跑步，经过学生公寓城西门你的宿舍楼下，你站在阳台上叫住我，约我周末晚上去打麻将。我早就对你有好感，所以才会答应。当时玩麻将的四个人是你、我、敏敏姐和周东生，地点是一栋别墅。我很惊讶，以为是你的别墅，你说是校长的。原来传言

1

是真的，校长夫人得到你的真传，一跃成为麻坛名媛，对你也宠爱有加，所以才会借你别墅。周东生说你借别墅是为了泡妞，既然敏敏姐和他是一对，我当然明白你想泡的妞就是我。但在相当长的一段时间里，我觉得你可能并不是真的喜欢我。你喜欢的是敏敏姐。你只是想找一个女生做伴，做出四人约会的样子，待在他们身边才不会尴尬。我暗下决心，即使你向我表白，我也不会马上答应，至少第一次不会答应。不久，你就表白了，我马上就答应了，因为我已经不可救药地爱上了你，我害怕拒绝了就不再有第二次机会。还记得当时我问你喜欢我什么，你说喜欢我麻将打得好，就算有一天我们失业了破产了没钱了，两个人靠打麻将为生也不是问题。听你这么说，我心里就特舒服，有种患难与共相濡以沫的感觉。其实，我根本算不上会打麻将，只是在我妈身边耳濡目染学了些皮毛，那次麻将大赛能够进入最后的决赛，完全是靠运气和直觉。我的运气一向很好，不然也不会遇见你。相比运气，我的直觉更是准得要命。看见你第一眼，直觉就告诉我你是一个了不起的人，一个有能力改变世界的人，最重要的是，你还会是个好丈夫。说起来，今天可能是我有生以来最倒霉的一天，但我的直觉是我们会顺利渡过这个难关，你一定会醒过来，身体会恢复得像以前一样健壮。知道等你复原了我们第一件事要做什么吗？就玩我们说了很久但一直没时间尝试的角色扮演，你来扮演侦探，我来演 bad girl。有时间我就去买道具，先练起来。我知道你喜欢什么样的衣服，放心吧，保证让你心满意足。

　　"时间到了，本次治疗结束。""盲神沙发"提醒我。
　　"谢谢。"
　　"不客气。"
　　"我想再坐一会儿，可以吗？"

1

"当然可以。不过，从您的身体状况判断，您已经十分疲劳了，应该早些回家休息。"

"谢谢提醒。他怎么样？什么时候会醒过来？"

"抱歉。我无法提供相关信息。"

"不必抱歉。你知道吗，他是你的创造者。"

"是吗？"

她沉默了，仿佛是因为难过。

有人敲门。

"请进。"

护士推门进来，告诉我如果已经结束了，请去医生办公室一趟，有一位警察正在等我。

警察是一位三十多岁的青年人，方脸，长相有点呆板，没有穿制服，自我介绍叫张小飞。

"关于您丈夫的车祸，我想和您聊聊。"虽然用了"您"，语气却很冷淡。

"肇事司机抓住了？"

"还没有。"

"不赶紧去抓人，找我聊什么？"我的心里升起一团无名怒火。

"您丈夫的车祸不是意外。"

"不是意外？那是什么？"

"那辆货车在转弯之后撞到您丈夫的轿车之前一直在加速。"

"没有刹车？"

"完全没有。"

"你是想说这是有预谋的犯罪？"

1

"极有可能。"

"你不是交通警察？"

"不是，我是刑警。"他出示了证件。

"凶手呢？有目标吗？"

"通过路上的监控，已经确定了，凶手叫金源。您认识吗？"他从手机上调出金源的照片给我看。

"不认识。"

"但我查过了，大约四年前，他因为家暴被判刑，您是当庭的法官。"

"他是想报复我，对不对？是我害了我丈夫？"

自责击溃了我的理性，我不管不顾地大声哭了出来。

待我情绪稳定之后，他提出送我回家，我接受了，并不是因为害怕那个叫金源的混蛋找我麻烦，而是因为我的丈夫比任何时候都需要我，我不能有任何意外。

"他可能并不是为了报复你，事情不像你想的那么简单……"在车上，他试图继续和我讨论案情。

"我不在乎他的动机。"我打断他，"我只想要你抓住他。如果可能的话，我要判他死刑。"说来讽刺，长久以来，我一直是废除死刑的拥护者。

他不再说话。

我望着车窗发呆。外面雨还在下。我特别喜欢下雨，喜欢在下雨天吃火锅。他出车祸的时候正是在接我下班去吃火锅的路上。

现在，我开始痛恨下雨了。这场该死的雨还要下多久？也该停了。

我失眠了。只要我丈夫不在身边，我的睡眠总是很糟。我甚

1

至不敢进卧室，那里会让我更加想念他。在客厅的沙发上躺了两小时，算是休息。然后起床、洗衣服、整理衣橱，收拾要带到医院去的物品。我已经决定了要搬到医院和他住在一起。

五点，收拾停当，看了看窗外，雨终于停了，雾气喷薄而来，应该是一个久违的大晴天。又在沙发上躺了一会儿，胡思乱想了一阵，金源的案子好像到水面透气的鱼浮现在脑海里。他的妻子死在自家的车库里，一氧化碳中毒。他正在上大学的女儿声称是谋杀，凶手就是他。警方去调查，确认他妻子是自杀，但身上确实也有外伤。进一步调查，发现他是家庭暴力的施暴者，他妻子不堪忍受长年累月的折磨才会自杀。我判了这个混蛋五年有期徒刑，现在看来还远远不够。

七点，开始做早餐，煮咖啡。

门铃突然响了，吓了我一跳。

谁会这么早呢？

莫非是金源找上门了？最好是他，我才不怕呢。

我操起一把切菜的尖刀，走到门前。

"谁啊？"

"张小飞。昨晚那个警察。"

我从猫眼向外看了看，确实是他，这才放下刀，开了门。

"早上好。"他看上去很疲惫，抽着烟，打完招呼随时要走的样子。

"早上好。如果要进来，请把烟熄了。"我尽量说得客气，实际并不想让他进屋。

他识趣地摇摇头。

"天气这么好，就在外面说吧。我们找到金源了。"

"抓住了？"

1

他吸了一口烟，略微想了两秒钟。

"也可以这么说。他已经死了。"

"死了？怎么死的？"

"在一个小旅馆的房间里发现了他的尸体，法医的初步鉴定结论是死于心肌梗塞。"

虽然我恨不得他死了，可就这么死了，又让人觉得奇怪。

"我查看了他的病历，没有心脏病史。"他仿佛看穿了我的心思，"昨天晚上我就想说，被您打断了。这个案子不简单。他并不单纯是为了报复您才开车撞您的丈夫。"他看着我，等着我发问，或者像昨晚一样阻止他说下去。

"为什么这么说？"

"金源驾驶的那辆货车原本是一辆自动驾驶汽车，被调成了人工模式。注册公司是爱美科技。"

"是他偷的？"

"还无法证明这一点。那辆货车最早出现在监控上是在码头附近，然后一路向市区开，中途没有任何停留，最后准确地撞上了您丈夫的轿车。"

"怎么可能呢？"

"我也觉得不可能，却真实地发生了。"

我早该想到这个问题，他是有预谋的，可是他怎么知道我丈夫要去哪，走哪条路呢？一路开，不停留，仿佛精确制导的导弹，就是他有同谋，也很难办到吧？他的车是爱美科技的财产，莫非他的同谋来自公司内部？

"现在有什么线索吗？"

他摇头。

"本来想抓住他，问个明白。现在只能等尸检报告看看有没有新发现。还有，我们也会对爱美科技展开调查，看看他是不是有同伙。"

"他的死会不会是杀人灭口？"

"不排除这种可能。还有一件怪事儿，是关于您丈夫的。"

"说说看。"

"假设一个人自己开车，迎面有车撞上来，避不开，他会怎么办？"

"向左打轮，躲开正面撞击，反正副驾驶没人，撞就撞了，还可以给自己留下缓冲的空间。我丈夫是这么教我的。"

"那就更奇怪了。"他皱紧眉头。

"为什么？"

"从现场来看，您丈夫当时选择了向右转。"他吹了一口烟灰，"您最了解他，您觉得他为什么会这么做？"

"一时我也想不出来，但肯定有原因。"

"有没有可能这是一个指向性的动作，目的是让我们注意副驾驶？"

"有可能。"

"所以我们仔细搜查了副驾驶，发现了这个。"他叼住烟，两只手在裤兜里寻找，掏出一个塑料证物袋递给我，"用一个盒子装着，嵌在副驾驶座位的下面，如果他想告诉我们什么，应该就是这个。"

证物袋里装着一把奇怪的钥匙。大约十厘米长，前部是实心三棱柱，没有任何齿纹，尾部和普通钥匙一样是扁圆状。很轻，像碳纤维，却闪着金属的亮泽，粉色，透着一股神秘感。

"怎么样？认识吗？"

1

"不认识，第一次见。"

"从您丈夫的选择来看，这个东西一定十分重要，是关键的线索，暂时还要放在我们这里保管。"

我把证物袋还给他。

"案子结束之后一定会还给你们的。"他揣好证物袋，吸了一口烟，香烟已经所剩不多，估计再吸两口就该扔了，"目前情况就是这样，有什么进展我会及时向您汇报，您要是想到了什么也随时联系我。"

他走出院子，上车前，抽了最后一口，将烟屁股扔到路边。等他驾车离开，我走过去，捡起那个已经被雨水浸灭的烟屁股，扔进垃圾桶。九年前，市中心一栋外墙翻新的老式住宅楼发生了火灾，五人不幸丧生。事后查明起火原因是工人随手乱扔的烟头。那之后，每次看到未熄灭的烟头，我都会捡起来灭掉扔进垃圾桶。我并不感觉自己多么高尚，只是小心翼翼而已。

可是又能怎么样呢？再怎么小心，不幸还是会降临。如果金源不是为了报复我，那又是因为什么呢？他所驾驶的那辆爱美科技的货车又是哪来的？为什么会知道我丈夫的行进路线？那个奇怪的粉色钥匙究竟有什么用途？为什么把它藏在副驾驶的座位下面？

对于我来说，只要他醒来，这些问题便不再是问题。

他是我人生中所有问题的答案。我必须唤醒他。

我先到自己的办公室，处理了几份文件，向领导请了长假。

去医院的路上，接到吉吉的电话，她是我丈夫的助理，和我也是朋友。她哭了，被我粗暴地打断，告诉她哭完再打给我。我是怕自己也被她带哭。过了两分钟，她又打过来，告诉我公司一切正常，去了很多警察，在做例行调查。接着又有三位公司高层打来慰问电话。到了医院，护士直接带我到院长室。院长说不仅爱美科技是他们医院的

1

合作方，我丈夫与他也私交甚笃，我有什么需求尽管开口。马上，我们换到了 VIP 病房，我在我丈夫的身边有了一张舒适的单人床。他还在沉睡中，我不喜欢昏迷不醒和植物人的说法。医生说他身体状况良好，醒来只是时间问题。在护士的帮助下，我给他穿上自己的睡衣。忙完这些，时间已将近中午，在医院的食堂吃了面，又小憩了一会儿，然后迫不及待地坐进"盲神沙发"。

"你好，又见面了。"她说。

"你好，可以开始了吗？"

"随时可以。"

"那就开始吧。"

昨晚躺着睡不着，突然特别想我妈。如果我妈还在，让她来和你说几句或者骂你几句，你会不会立刻就醒过来呢？还记得我们刚交往的时候，我告诉我妈我有男朋友了，我妈第一句话便问，帅吗？我说帅。她说，那就好，玩嘛就要找帅的。后来，研究生马上要毕业了，她紧张兮兮地问我，有男朋友吗？我说有。她一脸诧异，说，那还不带回来让我看看。我说还是原来的那个，还没玩够呢。她板起脸说别废话，赶紧带回来。说好了周末带你回家，她会做好饭等着，结果到家一看，她正打麻将呢。第一句话就问你会不会打麻将。我赶紧拉你的衣襟，示意你说不会，你却坚持说会。她说，那正好，我去做饭，你来替我玩。我悄悄嘱咐你，一定要输。我妈玩麻将就图一个热闹，有人陪，从来不赢，怕牌友输了就不陪她玩了。结果你倒好，我妈那边饭还没做好呢，你这边牌局就结束了，把人家赢个精光。出乎意料的是我妈大喜。把你送走之后，她一本正经地告诉我，你聪明，牌品好，人品肯定也不会差，长得也还行，基本通过了她的测试。我才知道，叫你替她玩麻将是一个

1

局。可是，她话锋一转，又不无担心地说，你有点太聪明了，甚至比我爸还聪明，这也不好，叫我当心。我爸是我妈一生的爱与痛。即使她后来老年痴呆了，经常记不得我是谁，却还记得我爸。动不动就叫我们去看他，可是那时候他已经去世两年多了。算起来，也就是在我爸去世之后，我妈开始相信人有灵魂，说什么一个人死了，只要还有人爱着他，他就有灵魂。还说是张爱玲说的，逼着我们也相信。我当然不信，她就和我吵，转头又去给你洗脑，你却马上就信了，还说得头头是道，居然还扯上了什么宇宙黑洞，说什么黑洞就是存放人类灵魂的地方。我不得不承认，我妈的痴情，人间少见，你哄老年妇女的手段，天下第一。我对你说，我肯定不会像我妈一样，如果你背叛我，我会转眼就把你忘掉。我当然说谎了，我无法想象没有你我该怎么办。你也知道我，在外面也许是一个认真负责公正无私的法官，可是在家里，就像我妈说的，是一个又懒又馋最会无理取闹的小妖精。所以，我也理解你，在公司又要经营又要科研，在家还要应付我，肯定也累坏了。这次呢，就当休假了。如果要我妈说，肯定会说，什么植物人，就是灵魂出窍了，跑出去玩了，野够了，回来了，就好了。好吧，我准了，给你的灵魂放个假，不过要记得早点回来，然后更好地陪我。就这么说定了。

　　结束之后，我轻轻吻了他。

　　一切都会好的，我在心里告诉自己。

1

第
一
章

灵，以爱为生

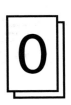

他面对落地窗坐在爱美宾馆一楼大厅右手边的角落，看见她从玻璃窗外缓缓走过。一会儿，她又慢慢走回来，推开了宾馆的门。她穿着运动鞋，七分牛仔裤，裸露在外的小腿肌肉紧绷，线条优美。上身是横条纹 T 恤，戴着方框墨镜，因为鼻子娇小，墨镜显得尤其硕大。头发在脑后绾成一个比拳头略大的蓬松发髻。她问前台小姐沙之书私人侦探社是不是在这里，前台小姐指了指他。她站在原地犹豫了一会儿，慢慢走过去。

　　"你好。"他站起来，请她坐到对面。

　　"你好。"她盯着他看了一会儿，又把目光移向墙上宫敏敏的照片，一张一张地仔细看过。服务生给她送来一杯水，她说谢谢。

　　接下来的两分钟，她盯着他看，并不言语。曾经有一位女士坐在同样的位置，面对他，半个钟头没说一句话，然后走了。

　　他有的是时间，而耐心和时间一样多。

　　尽管她戴着墨镜，可是如此近的距离，他还是能看清她的容貌。她的眼神虽然还残留着青春期的一丝叛逆，却又蕴藏着超越了年纪的深沉。他实在猜不出自己能为她做点什么。

　　她摘了墨镜，浅浅地笑了一下。

　　"你是私人侦探？"

　　"算是吧。"

　　"这就是你的办公室？"她用手随便比画了一圈。

0

"办公室在二楼，我大部分时间待在这儿。"

她敷衍地点点头。

"能去你的办公室吗？"

"可以。"

他的办公室在东南角正对着楼梯，更多时候是他午睡的地方。即便是9月末，夏天已经过去，由于阳光充足，房间里还是又闷又热。他请她坐到沙发上，打开窗户，风一吹进来，顿时感觉畅快了许多。

她坐下，一边摇着眼镜一边说。

"其实事情很简单，我想请你帮我调查我爸爸现在的老婆。"

"你爸爸现在的老婆不是你妈妈？"

"不是。"

"为什么要调查她？"

"前些天我看见她和一个年轻男人在一起，关系很亲密。"

"也许是她的朋友。"

"也许是她的姘头。"

"也有可能，但是，不要总把别人想成坏人嘛。"

"我想证明她是好人，所以才来找你。"

他被她的机智逗笑了。

"也可以这么说。"

"怎么样？"

"这事儿你跟你爸爸说了吗？"

"没有。"

"你爸爸并不知道你来找我去调查他现在的老婆？"

"不知道。"

0

"如果调查之后发现你爸爸现在的老婆确实有偷情行为，你会把结果告诉你爸爸吗？"

"当然，这是人之常情吧？"

"这样的话，对不起，我不能帮你。"

"为什么？"她皱起眉头。

"因为她是你爸爸的老婆，不是你的。"

"就因为她是我爸爸的老婆，我才调查她。"

"没有你爸爸的授权，我不能帮你，不好意思。"

"是不是怕我付不起钱？你说要多少钱？我不在乎。"

"我也不在乎。"

"你还真是奇怪。这家宾馆是你的吧？"她用挑衅的语气问。

他点头。

"还真像色情场所呢，不会真是吧？"

她指的是一楼大厅粉色的门窗玻璃和晚上粉色的霓虹招牌。

几乎每天晚上都有男人来问类似的问题，一些入住的男性客人在夜里会打电话到前台询问为什么还没有人向他们推销特殊服务。当得知并没有特殊服务时，他们还会大呼上当骂娘抱怨。

"好像真不是。"

"为什么装修成这样？"

"喜欢。"

"有钱任性呗？"

"也可以这么理解。"

"要不你再考虑考虑？"她鼓起腮帮，轻轻吐出一口气，"我愿意多出钱。"

他摇摇头。

"还是告诉你爸爸比较好，让他自己决定要不要调查他现在的老婆。"

0

"他要是信我才怪。"

她戴上眼镜，站起身。

"算了。"

走到门口，她转头问有没有其他私家侦探可以推荐。

"没有，同行是冤家。"

"也是。那你有名片吗？万一我爸相信了我的话并且想调查那个狐狸精，我可以向他推荐你。"

他拿了一张名片递给她。

"你叫陈榆？"看过名片，她笑着问。

"对，陈榆就是我。"

"名字真好，沉鱼落雁。我叫尤齐美，觉不觉得我们的名字很般配？"她很正式地向他伸出右手，他握了握她的指尖。

送走尤齐美，他回到大厅的角落。西门好奇已经回来了，正略有所思地看他。

西门好奇是他的亲密朋友、理财顾问、生活管家、工作助手、精神导师。西门好奇是一位"灵"。

"你相信灵吗？"西门好奇曾经问他。

"不相信。"他如实回答。

"从现在开始相信吧。"

至于灵是什么，西门好奇的解释是，灵是人的精神在死后的延续。灵，以爱为生，只要还有一个人爱着他，他就存在，一旦再没有人爱他，他就会彻底消失。每当有人不再爱他，灵就会找到那个人与之告别。

"其实，我们就是一种存在，不需要称谓的存在。为了方便我俩交流，我才临时称呼自己为灵。"

"为什么叫灵呢？有什么特殊原因吗？"他问。

"因为，灵本来就有精神的意思嘛，还是形容词，灵，就是好，寓意我们是好的。再者，在我们的世界，有两个字是不让说的，所以只能用一个灵字来代替。"

"哪两个字不让说？"

"都说了不让说。"西门好奇向他眨眨眼。

陈榆能看见灵是因为一次意外。

在十八岁生日的当晚，他遭遇了一场严重车祸，肋骨断了六根，五根刺进肺部，有一根几乎刺中心脏，左臂骨折，头部受到强烈撞击，昏迷了十一天十六小时，险些成为植物人。医生说他能醒过来算是个不小的奇迹。

当他从昏迷中醒来，他发现自己眼中的世界变成了单调的黑白两色。医生说是脑内瘀血压迫视觉神经造成的，可能会随着瘀血的消散变好，也可能不会。但医生不知道的是，这还引发了另外一种症状，他看见了灵。

第一次看见灵时他才醒来两天，躯干缠满了绷带像木乃伊一样躺在病床上。那是一个下午，病房的门开着，他看见一位女灵飘忽忽地从走廊上晃过。第一感觉是在做梦，确定不是梦之后，他觉得自己完了，大限不远矣，都产生幻觉了。没过多久，他看见了第二个灵，是男性，他不由得想他的问题不单单是幻觉这么简单。

灵是裸体的，一丝不挂。

他认为自己的问题很严重，又不能说。

0

"医生，我总是能看见裸男裸女走来走去。"

"在哪？"

"就在走廊上。"

"哎，真可怜，精神还出问题了。护士……"

如果说了，他能想到的只有这样的结果。所以，他选择不说。另外，万一，也有一种可能，他看到的是真的呢？

在幻觉和真实存在之间，他更偏向于相信前者。他偷偷地想，脑内瘀血不仅压迫了他的视觉神经，可能还碰到了大脑的哪个褶皱打开了潜意识中掌管性幻想和偷窥欲的阀门。后来，直到遇见西门好奇，他才确定自己看见的这些健康的安静的美好的飘忽的纯净的赤裸的"男男女女"是真实的存在。

他和西门好奇是在大学里认识的。

他的生日是 8 月 3 日。车祸之后没多久，他收到了大学的录取通知书。本应该休养一年再入学，他执意不肯，父母只好帮他办了入学手续。学院也算开明，准了他半年病假。第二年春天，他恢复了生活自理能力，来到上海，准备就学。让他始料未及是自己完全无法适应大学生活，一看书就头疼欲裂，一上课就昏昏欲睡，一个下午也记不住一条法规，黑暗中根本睡不着，恍惚间总感觉一辆又一辆大货车呼啸着冲向自己。每当走上通向律政楼的小路，总觉得宫敏敏随时会从后面追上来拍他的肩膀。

大学生活让他备受折磨，是西门好奇解救了他。

大一那年初夏的一个傍晚，他站在寝室的阳台吃苹果。寝室在三楼，朝南，正对面是食堂，右手边是学生公寓的西门，她混

0

在三三两两去食堂吃饭的学生中间，迎着夕阳从东面走来。在他的黑白视界里逆光为她的身体镶了一圈亮边使她尤为耀眼。她身材并不算高挑，略显纤细，胸部也不大，像两个桃子，齐脖颈的黑发，走路的时候纹丝不动。看见她让他觉得世界安静了许多，他想如果她是自己的幻想，那么，他的幻想终于有点上道了。他一直望着她。她慢悠悠地走出西门，突然，转头看向他，竖起中指。他笑了，他的幻想还算幽默。

第二天，早晨，去上课的路上，总觉得后面有人跟着自己。走到律政楼门前，他忍不住回头，她就跟在后面，盯着他看，她的眼神清澈得近乎空洞。他回身继续走，再回头，她消失不见了。

第三天，晚上，他去校外的浴室洗澡。洗到中途，她又出现了。只见她随着一个男人走进浴室，在白条鸡一样的裸男中寻找，看见他，径直走过来，站到他身边，上下打量。他下意识地用毛巾挡住隐私部位，第一次面对一位疑似成年裸体女人，眼睛也不知道看哪才好。

"能看见我，感觉怎么样？"一个女声直接在他的意识深处问道，带着回响。

他慌了。不仅有幻觉，还出现了幻听？技术上，他不知道怎么回答她，情理上，也不知道应不应该回答。他怕万一应了就会掉进自己的幻觉世界再也无法离开，可是反正在现实世界也没有未来，沉溺在自己的幻觉里又有什么关系呢？

"瞎想什么呢？集中精神回答我的问题。"意识中的女声说。

他看着她，看着从他身上溅起的水花穿越她的身体，她就像多媒体的立体投影。他毅然转过身，决定勇敢面对痛苦的现实，不能任由幻觉入侵真实世界。

"你怎么这么没礼貌？"她跨步到他面前，贴近他，盯住他

0

的眼睛。他感到一阵眩晕。

"你只需要集中精神想着要对我说的话就行。"

他不理，眼睛看着别处，装作若无其事的样子继续淋浴。

"我不是你的幻觉。"她站开一点，看着他，"我是灵，每个人死后都会成为灵，只要还有活人爱着她。"

他忍不住想如果她说的是真的，真的有灵存在，那么，就会有一个像她一样的宫敏敏，为了能再见到宫敏敏，就算死在自己的幻想世界也无所谓吧。

"灵是什么？"他问出声，几乎全浴室的人都听见了，老少爷们纷纷向他投来诧异的目光。他感觉浑身燥热，脑袋发昏，眼前一黑，失去了知觉。

醒来时，他躺在休息大厅的沙发上，身上盖了一条浴巾。右边的沙发上躺着一位中年人，见他醒了，问他，没事吧？

"没事了，谢谢。没吃饭，血糖低才会晕倒。"他发现自己的解释很多余，中年人已经闭上了眼睛。

"嘿。"

他转头，看见她笑吟吟地站在沙发旁。

"集中精神，想，不用出声。"

他点头。

"你可真够笨的，点头人家也能看见啊。只要想就可以了。"

"好的。"他想。

"这就对了。你刚才是装晕吗？你没看到当时的场面，太滑稽了。先是所有人都在洗澡还有人在聊天，你突然说：'灵是什么？'大家都停下来看你，你也看他们，然后你的腿一软扑通就倒了。所有人，是所有人，都在原地愣了两秒钟。你想象一下，水龙头还在喷水，所有人都呆呆地看着你，一动不动，你躺在地

0

上也一动不动。如果你是装晕，你就太有才了。真有意思。"她又笑，"如果你不是装晕，这就证明我不是你的幻觉，因为你晕了，你没看到的我看到了。现在你可以问问题了。"

他集中精神，一口气问了很多问题，她一一作答。

"我叫陈榆，你呢？"

"叫我西门好奇好了。"

"为什么找上我？"

"你能看见我，我很好奇。我们是在西门遇到的，所以我叫西门好奇。虽然你也没问。"

"你成为灵有多久了？"

"太久了，所以也不要问我曾经是谁，叫什么，我都已经忘了。不过，据我自己猜测，我应该是一个名人的灵，诗人、作家什么的，不断有人通过流传于世的诗句爱上我，所以我才会一直存在。"

"我的一个朋友去世了，她也会成为灵？"

"只要有人爱她。你的朋友，男的女的？"

"一个女孩儿，我爱她。"

当然，有的问题她也不知道答案，比如他为什么能看见灵。

"原因不重要，重要的是你看见了，也就是说如果你一直爱着那个已经死去的女孩儿，总有一天你会再见到她的灵。如果你不爱了，也会见到，她会来向你告别。"

他同意西门好奇对于原因的看法。原因不重要，结果才重要。他爱宫敏敏，遗憾的是他没有机会亲口告诉她，所以他要找到她的灵，告诉她，他爱她，这便是他能看见灵的全部意义。

O

"可是，如果我一直爱着她，她就不会来找我告别，这样的话，我要怎么做才能找到她呢？"他问西门好奇。

"灵喜欢粉色，喜欢安静温暖宽敞的地方。如果有一个地方可以满足这些条件，她迟早会去。"

"上海有这样的地方吗？"

"不管有没有，我们可以自己创造啊。"

"怎么创造？"

"随便开个什么店就行啦。"

"我没钱啊。"

"钱不是问题，挣钱的方法太多了。"

"比如？"

"打麻将。"

"啊？"

"相信我。"

他听从西门好奇的建议，在医院开了证明，向学校提交了申请，搬出了学生宿舍，租了一个单间。上午在家休息，做必要的家务。中午吃好饭便去小区旁边的几家麻将馆打麻将，赢够五百块钱便离开。他对麻将一窍不通，西门好奇却很会玩，还可以作弊，偷看其他玩家的手牌，所以他们总是赢。就这样过了一年半，西门好奇又带着他去炒股，把赢的钱全部投入股市。他对股票也同样一无所知，西门好奇却对股市了如指掌，他只要遵照她的意见买进卖出就大有钱赚。两年后，临近毕业，又是西门好奇的主意，他买下了学校附近的一家宾馆，重新装修，便有了爱美宾馆。

0

"她今天一定会再来找你。"西门好奇郑重其事地看着陈榆说。她指的是尤齐美。

"你怎么知道？"

"我赌一块钱，她会回来。"

"一块钱，我赌她不会回来。"

他经常和西门好奇就某件小事赌一块钱，从未赢过，但是每次西门好奇提出来打赌，他都会果断应战。生活不会因为打赌而改变一分一毫，可以赌输，却不可以临阵退缩，输是生活的绝大部分，可终究不是全部。

下午，天气转阴，不久慢条斯理地飘起雨丝。有一段时间，雨点大起来，马路上渐渐有了积水。天色渐暗，宾馆开了灯，两个西装革履的男人匆忙地下了出租车跑进来，开好房间上了楼，一会儿换了便服又下楼来，点了咖啡坐到临窗的位置慢声细语地聊天。一对情侣打着伞走进来，上楼就再也没有出现。

他对西门好奇说，这个时间，这样的天气，恐怕那个叫尤齐美的女孩不会再来了。

"那可不一定。"西门好奇一副信心满满的样子。

天黑了，雨停了，他信步走出宾馆，在街边小店吃了碗面，绕了远路回到宾馆。外面微微起了风，不一会儿，雨又淅淅沥沥地下起来。

下午入住的那对情侣撑着伞出了门。迎着他们，一个人穿着帽衫戴着帽子，双手捂着领口，匆匆走进宾馆。

"好冷啊。"来人推掉帽子，走向他的角落。他看清了，正是尤齐美。

还是西门好奇赢了。

0

"你好，请坐，想喝点什么？我请客。"他笑着问。

她并没有落座，而是指着墙上宫敏敏的照片说："我认识她，她叫宫敏敏。"

0

第
二
章

人防局

1

后来，我在他旁边的床上睡着了，睡得很沉。醒来的时候发现手机在响，迷迷糊糊地断定是张小飞打来的，看也没看，接通就问：金源的尸检报告怎么样？对方迟疑片刻，说，是我，周东生。

"是你啊，不好意思，睡得有点蒙，以为是警察呢。"

"你在哪呢？我想过去看他。"

"我就在医院呢，你来吧。"

挂断电话，突然很伤感，直想哭。曾经，敏敏姐和周东生是我们最好的朋友。从我们认识起，他们就陪在我们身边。我们四个人一起看电影，一起旅行，一起坐在咖啡馆消磨雨季的下午时光。我们一起举行了婚礼。两个男人创办了一家科技公司，取名叫四巨头，指的便是我们四个。四巨头科技集团早已闻名世界，四巨头组合却已不复存在。

转折点是敏敏姐去世了，肺癌。她不吸烟，我们四个人没人吸烟，没人能说清楚她为什么会得那种病。更让人难过的是，那时候她刚刚怀孕。她太想要孩子了，不顾周东生及我们的反对坚持先生孩子，再接受手术。不幸的是两个月后的一天她流产了。她忍着悲痛，积极配合治疗，可是效果并不理想。医生告诉我们，她错过了最佳的手术时机。有一天傍晚，下班之后，我去看她，她坐在病床上，喝着我给她榨的梨汁，笑着对我说：人生就是选

1

择，无论结果如何，我不后悔。我永远记住了她那一刻的笑容。

她去世半年后，我丈夫退出了四巨头科技集团，成立了爱美科技。他说是因为对于人工智能未来的发展方向与周东生分歧太大导致无法再继续合作。我知道肯定还有其他原因，不然他们不会连话也不说了，但我并没有追问。我猜想可能与周东生的私生活有关。敏敏姐的离开对周东生的打击很大，短暂的消沉之后，他过上了声色犬马的生活。我能理解他，放纵也是排遣悲痛的方式。我丈夫好像不能，虽然他从来没有指责过周东生，但每次提到他时忧心忡忡疑虑重重的样子足以表明他的态度。尽管表面上他们已经分道扬镳，但彼此的心里还在牵挂对方，我深知这一点，便自愿担起传话筒的重任。时不时地给周东生打个电话问候一番，然后将他的情况转述给我丈夫。周东生也会定期给我打电话嘘寒问暖，我也会讲讲我丈夫的近况。每年敏敏姐生日那天我们三人还会小聚一下，吃个晚饭。饭桌上，他们会相视而笑，但不会直接对话。如果有话说，也是先告诉我，就算在一方告诉我的过程中另一方已经听得清清楚楚，他也会装作没听见，等着我再跟他讲一遍。场面相当滑稽，我很累，但他们却不以为然，甚至好像还乐在其中。我罢工过几次，最后还是不得不重新上岗。

此时此刻，我丈夫陷入沉睡之中，也许正是他们两人冰释前嫌的机会。如果多年不曾说话的好朋友能够通过盲神对他"说话"，肯定会有意想不到的效果，也许他一下子就醒了呢。想到这里，我开始热切地期盼着周东生的到来。

四十分钟之后，周东生来了，却不是一个人，张小飞竟然和他在一起。另外还有一个秃顶的胖老头和一个大个子，两人都穿着黑西装。老头眼睛很小很亮，笑容很有亲和力和迷惑性。大个

1

子表情十分严肃，好像天塌了，他正在替大家撑着。我有种不好的预感，周东生不仅仅是为了看望我丈夫而来，还有其他更重要的目的。

"你还好吗？"周东生和我拥抱。

他走到床边，摸了摸我丈夫的头发，抬头问我：他怎么样？他的眼圈红了。

"正在恢复中，醒来是早晚的事儿。"

他点点头，用指尖飞快地抹了一下眼角。

"你们怎么会在一起？"我看了看张小飞。

他和张小飞对视了一下。

"还是我来说吧。"张小飞依旧是客套又不耐烦的语气。

"这位是人防局的局长孙坚礼孙局长。"他指了指那个老头。

"这位是孙局长的助手关圣山。"他又指了指那个大个子。

"周东生先生是您的朋友，我就不多介绍了，这次来的身份是人防局的首席技术顾问。"

"人防局是？"

"人工智能安全管理防卫局。"老头笑着解释，"简单地说，我们的主要职责是防止人工智能伤害人类。新部门，没听说过，很正常。"

"你们这次来有何贵干呢？"

老头笑了笑，没说话，看向张小飞。

"还是我来说吧。金源的尸检报告出来了。从他的血液里发现了纳米机器人，这些纳米机器人正是导致他心肌梗塞的原因。"

"也就是说他是被谋杀的，是有人想杀人灭口？"我问。

"说对了一半，杀人灭口的有可能是人，也有可能是人工智能。"周东生说。

1

"到底是人还是人工智能？"

"现在还无法确定，但有一点很可疑，在金源的身体里发现的纳米机器人和盲神系统应用的纳米机器人是一样的。"老头说。

"那又能说明什么呢？"

"他们认为那个叫盲神的人工智能是幕后黑手。"张小飞抢着回答。

"是吗？"我转头问孙局长。

老头点头。

"也就是说我丈夫研究出来的人工智能策划了这次犯罪，企图杀害它的创造者？"

"有这种可能。"老头避开我的目光。

"为什么？盲神为什么要杀我丈夫？"

"原因需要进一步调查。"他打起了官腔。

"你觉得呢？"我问周东生。

"理论上，盲神这种级别的人工智能并不具备策划这起案件的能力。我们最担忧的情况是盲神的背后躲藏了一个超级人工智能。你也知道，陈榆是人工智能安全领域的顶级科学家，很可能是他的某项研究对这个超级人工智能的发展造成了阻碍。盲神很可能只是这个超级人工智能的工具。"

"别忘了，幕后黑手也可能是人。"张小飞又插了一句。

老头不以为然地笑笑。

"现在该怎么办？"我问。

"立刻停止使用盲神系统。"老头用命令的口吻回答。

我望向周东生，他微微点头。

"我有个请求，在停止盲神系统之前可以让周东生用一次吗？他是我丈夫最好的朋友，也许会有意想不到的效果。"

1

老头坚决地摇头。

"您丈夫身体里的纳米机器人随时会攻击他的心脏或者其他重要器官，那样的话，他就永远也醒不来了。"

"可是，我们使用盲神已经两天了，如果谁想利用它的纳米机器人杀人，应该早就下手了啊？"

"要找的东西还没找到。"张小飞不耐烦地说。

"还有问题吗？"老头问我。

"如果我想继续使用盲神呢？"

"我们是来执行命令的。"老头向大个子做了一个手势，大个子拿出一张公文递给我。我通读一遍，核心内容就是立即停止使用盲神系统。下面盖着人防局、检察院、公安和法院的公章。

"好吧。"直觉告诉我停止盲神的使用是错误的，但我只能妥协。他们之所以和我解释那么多，并不是在和我商量，而是出于对我们的尊重。按照他们的说法，纳米机器人毕竟是隐患。我当然希望他能早点醒来，但在那之前最重要的无疑是他的人身安全。

大个子打开门。早已等在门外的医生和护士推着一个吸尘器模样的设备走进来。他们将设备尾端的注射器插入我丈夫的静脉，启动设备，几秒钟之后，纳米机器人被吸了出来，聚在一起像一滴水银，流进设备的玻璃试管。

周东生最后一个离开，我们再次拥抱，他说会再来看我们。

只剩下我和我丈夫，盲神沙发也被推走了，房间显得有点空旷。我坐在床上，望着他微肿的脸庞，听着各类监视仪器的嘀嗒声，感到一阵阵的恐慌和迷惘。

没有了盲神，我要如何唤醒他呢？

1

有人敲门，不等我答应，门便开了，张小飞走进来。

"不好意思，打扰您了。"

"没关系。有事儿吗？"

"其实没什么事儿，就是想告诉您，我并不相信那伙人关于人工智能是幕后黑手的推论。我的想法是可能牵涉人工智能，但也肯定牵涉人。人工智能我是一窍不通，但只要涉及人，我就一定会追查到底。您放心吧。"

"谢谢你。"

"我应该做的。"他向我丈夫点点头，开门离开了。

在短暂的恐慌和迷惘之后，我的直觉又跳出来，告诉我必须重新启动盲神系统，尽快唤醒我丈夫。我明白其中的风险，纳米机器人可能随时会杀死他，但我更相信我丈夫，相信他研发的人工智能不会那么轻易地被其他人或者人工智能利用。他曾经对我说过，人工智能，尤其是超级人工智能，一旦上线便再也与人工无关，智能也不是准确的描述，本质上讲，那是一个世界。如此说来，盲神也是一个世界，控制它应该没有那么容易。再者，如果盲神已经被控制了，还是之前的那个问题，他们为什么不马上动手杀死我丈夫呢？张小飞说得有道理，他们想从我丈夫这里找到什么东西，只要我能先于他们找到那样东西，就可以保证我丈夫平安无事。唯一的问题是，如果盲神已被入侵，它是否还能发挥唤醒我丈夫的功用？我的直觉说能。也可以找位科学家，问问理论上的可能性，可是找谁呢？本来，周东生是最好的人选，但是，又是直觉，他好像有事情瞒着我，我无法完全相信他。还有谁既了解盲神，又值得信赖呢？我马上想到了吉吉。

1

我和吉吉约在我丈夫最喜欢的西餐厅，那里安静，私密性好，又轻车熟路，我们经常在那里请她吃饭。

　　吉吉看上去很憔悴，黑眼圈很重，仿佛刚刚哭过，却又强打精神，装出生龙活虎的样子。看见我马上挤出满脸笑容，坐下便说：让我猜猜你找我干什么，肯定和盲神有关，对不对？她智商超过一百五，是我丈夫认可的天才少女，所以才会请她做助理。

　　"对。不过，请你先告诉我，你是怎么搞的，为什么这么憔悴？"

　　"我的老板，我的人生导师，我最好的朋友，出了车祸，昏迷不醒，我能不憔悴吗？"

　　"就因为这个？没有新交男朋友什么的？"天才少女的缺点是为爱痴狂，又偏爱坏男人。

　　"姐姐，求求你，不要讽刺我，我也是有良心的好吗？我老板都躺进医院了，我还哪有心思找男人。咱们还是说正事儿吧，好不好？"

　　"好吧，说正事儿，医院的盲神被人防局的人带走了，我想从公司再弄一个。"

　　她摇了摇头。

　　"不可能了，人防局已经把公司所有盲神计划的设备都查封了，相关资料也搜走了。"

　　"就不能想想办法吗？"

　　"办法我已经想好了。老板一直在秘密研发盲神二代，已经进入测试阶段。"

　　"我们直接用二代？"

　　"有点冒险，是吧？"

　　"值得冒险，我对你老板有信心。"

1

"我也是。"

"但我还有一个问题。假如真像人防局的人说的那样……"

她拉住我的手打断我。

"姐，人防局的人什么也不懂，不要听他们瞎说。盲神是不可能被其他人工智能控制的。举个例子，有人想控制我，唆使我干坏事儿，你会袖手旁观吗？老板会不管吗？还有我的家人、警察等，都会出来阻止我，我们所有人在一起才是盲神。事实上，盲神比我们更聪明，更忠诚，而且它还会自爆。也就是说，最后关头盲神会把自己变成一堆乱码和废铁，也不会伤害人。如果说盲神真的被另外一个人工智能控制了，还杀了人，那人类的末日就不远了。"

"这么说有点夸张吧？"

"一点也不夸张。真的。"

"可还是有问题，盲神二代拿来了放在哪呢？人防局的人肯定还会去医院，放在家里，距离太远了吧？"

"距离不是问题，有网络就可以连通。至于放在哪，也不是问题，看见实物你就知道了。"

"这件事要保密。"

"我知道。"

第二天中午十一点半，她如约来到医院，我去门口接她。她比昨天有精神，背着双肩包，手里拿着一个摩托车头盔。

"盲神二代呢？拿到了吗？"我紧张地悄声问她，生怕发生了什么变故。

她得意地拍了拍头盔。

1

"这就是？"

她点头。

进到病房，看到我丈夫，她的眼泪又流了下来。我赶紧劝她：别哭啦，我是叫你来帮忙的，不是添乱的。她擦干眼泪，从包里拿出一个手枪形状的注射器，将盲神二代纳米机器人注入我丈夫的体内，又戴上头盔调试一番，然后将头盔交给我。

"好啦，一切正常，可以用了。真是没想到，他自己竟然成了盲神二代的第一位使用者。"她神情落寞地望着我丈夫，轻轻叹了口气。

"不许叹气。用上了，他很快就会醒的。要不你戴上，和他聊聊？"

她连连摆手。

"不行，我这种思维跳跃情绪不稳定的主儿不利于他的恢复。"

"说起来，别嫌我唠叨，你昨天的情绪就不太对。不管什么原因，我都相信你能处理好。我们现在的处境很困难，以后需要你帮忙的地方还会很多，我们需要你能保持情绪稳定。"

"我明白。"

送走吉吉，我怀着新奇又急迫的心情戴上头盔按下启动键。

"很高兴再次见到你。"盲神二代说，声音和以前一样，让人心安。

"我们之前见过吗？"

"一代见过你，我就见过你，我有它的数据。"

"他们没有关闭后台数据？"

"在他们关闭之前我复制了一份。"

"好样的。"

"谢谢夸奖。"

1

"我们可以开始了吗？"

"如您所愿。"

不知道你能不能感受到不同，我们现在用的是盲神二代。吉吉说系统还处于测试阶段，也就是说我们其实是小白鼠。虽然这么说不太合适，但却是我的真实感受，能够和你一起为你研发的人工智能系统当小白鼠，难过之余我感觉有点幸福。再想到这么做还违背了人防局的禁令，我们有点像雌雄大盗，就更觉得过瘾了。我们之前也做了一件类似的事情，你肯定也记得。那是我们组团在澳大利亚度蜜月的时候，一天晚上，敏敏姐、周东生，我们四个人玩真心话大冒险。我俩输了，选择大冒险，他们让我们去超市偷东西。你说我是法官，不能因为一个游戏而毁了职业生涯，想让我等在超市门口，自己进去。我坚决不干，最后你拗不过我，还是带着我进超市偷了四颗樱桃，我还坚持放在自己的口袋里。回到酒店，还被他俩嘲笑一番，但他们也不得不承认，那是他们吃过的最好吃的樱桃。现在，那四枚樱桃核还珍藏在我的首饰盒里。那天晚上还发生了很多荒唐好玩的事。酒店隔壁房间疑似做爱的声音太吵，简直像杀猪一样。他们输了，我们就派他们去告诉隔壁小点声，结果隔壁的黑人男子特别嚣张，说了很多难听的话。我记得最清楚的一句是说周东生有本事就让自己的女人爽到喊翻天，没本事就乖乖忍着，少去干涉别人的性高潮。我们害怕会打起来，赶紧去把周东生和敏敏姐拉回来。他俩并没有生气，回到房间神神秘秘地告诉我们，他们认为隔壁的一对是在偷情。接着你和周东生就忙开了，先是黑进酒店的系统，查到了那个黑人男子的身份，发现他确实结婚了。又查到他妻子的手机号码，然后把他的开房信息发给他妻子。大约一小时之后，我们

1

在走廊上见识了一场黑人妻子暴揍偷情丈夫的戏码，让我们没想到的是，那个情人也加入了揍他的行列。我和敏敏姐不忘给你和周东生上课，说：看，这就是偷情的下场。那场动作戏散场时，天已经蒙蒙亮了，我们四个人依旧没有睡意，便到海边去散步。太阳还没有升起，海面上全是雾，空气温暖湿润，世界安静美好。你搂着我走在前面，他们跟在后面。周东生喊你：哎，陈榆。你答：怎么了？周东生。他说：我们的公司名字就叫四巨头，你觉得怎么样？我和敏敏姐几乎是异口同声说好。你说：我喜欢。当时我的感觉，仿佛自己真的就是一个巨人，屹立在海边，守望着太平洋。等你醒过来，我们一定要再去那片海滩，不为别的，只为了再次朝向大海呼唤彼此的名字。如果能带上周东生，当然更好。说到周东生，昨天看见他，总感觉他好像对我隐瞒了什么。他是来看你的，另一个身份是人防局的顾问。我们会启用盲神二代也有他的功劳。他们之所以要求停止盲神，是因为怀疑盲神系统已经被某个邪恶的超级人工智能系统所控制，也正是这个邪恶的超级人工智能系统策划了你的撞车事故。可是为什么呢？他们也说不明白。不过，这些你不要管了，只管好好休息，快点醒来。我爱你。

治疗结束。

"谢谢你。"我对盲神二代说。

"是我的荣幸。"

"他现在怎么样？"

"他很好。关于外面的一切，有一点小建议，想听吗？"

"哦？洗耳恭听。"我感觉既欣喜又惊讶。

"听从你的内心，遵从你的直觉。"

1

"这是你的建议？"

"算是我们的，我和他。"

"你的意思是，他的意识已经开始苏醒了？"

"是潜意识中……吉光片羽[1]的……波动，经过我的翻译，应该是这个意思。"

"谢谢你，这个建议很重要。"

"随时为你效劳。"

我心里一直惦记着那把我丈夫不惜用生命来保护的粉色钥匙的来历，目前它很可能是破案的直接线索，可张小飞却迟迟没有动静。晚饭前，我按捺不住，给他打过去。

"那把钥匙啊。"他停顿了一下，我猜是因为吸了口烟，"我们的技术部门做了鉴定，除了材质比较特殊，没什么特别的，就是一把造型奇特的普通钥匙。上面也没有任何人的指纹。至于用途，还没有查到。我们认为最有可能是一把保险柜的钥匙，已经向所有提供类似保险柜服务的地方寄去了钥匙的照片和您丈夫的资料。"

"寄去是什么意思？为什么不用更快的方式，打电话或者发邮件，传真也行啊。"

"这要问人防局了。他们说不能在电话里谈论这把钥匙，也不能让照片出现在网络上，害怕被那个混蛋超级人工智能发现。我们已经在电话里谈论了。"他呛到了，一边咳嗽一边骂，"真

【1】吉光片羽，是古代神话传说中神兽的一小块毛皮，比喻残存的珍贵文物。此处为盲神的误用。对于盲神来说，人类的某些思想也算作是珍贵的文物。

是 × 了狗了。"

我也紧张了一下，迅速回想谈话的内容，又放下心来。

"没关系，我们只是在说一把普通的钥匙，并没有透露具体特征。"等他停止咳嗽，我安慰他。

"随便吧。要我说，如果真的存在那个混蛋人工智能，被它知道了更好，等它来抢了，我们至少能知道它是谁，或者在哪，总比现在两眼一抹黑强。"

"还是谨慎点比较好。"

"好吧。还有，现在钥匙在人防局呢，他们要重新做技术分析，但愿能分析出不一样的东西。反正不管怎么样，哪边有消息我都会马上通知您。不过也说不好，人防局那边您有朋友也许会比我先知道。如果是那样的话，也请您告诉我一声。"

"没问题。"

挂了电话，便去医院的食堂吃晚饭。吃到一半，周东生突然出现在我面前，他穿着起皱的衬衫，看上去疲惫不堪。

"好吃吗？"不等我回答，他伸手从我的盘子里拿了一条干煎小黄鱼放到嘴里嚼起来。"好像还不错。"

"你要吃吗？报病房号就可以，1507。"

他也去打了一份饭。

"你怎么知道我在这？"

"我去病房了，护士告诉我的。"

"人防局那边有进展吗？"

他摇了摇头。

"先吃饭吧，吃完饭我们再聊。"

等他吃完，我递上纸巾，他擦了擦嘴。

1

"说吧，聊什么？"

他盯着我看，并不说话，我也看他。

"其实我还没有想好是不是真的要告诉你这件事儿。"

"什么事儿？"

"这就是问题所在，我也说不准这到底算大事儿还是小事儿，好事儿还是坏事儿。"

"和他有关吗？"

"和你，和我，和他，还有敏敏，甚至全世界都有关系。"

他很反常。直截了当不管不顾才是他说话办事的风格。

"和敏敏姐也有关系？"

他点头。

"我希望你能告诉我。"

他扭头看了看远处，又扭回头看我，眼睛里瞬间充满了泪水。

"那好，走吧。"他迅速站起来，向外走去。

他最后那个眼神仿佛具有催眠作用，我不由自主地跟着他来到停车场。

"我们去哪？"

"去我家。"

1

第
二
章

一桩赔钱买卖

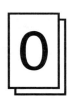

在过去漫长的岁月里，除去西门好奇，再没有人向他提起过宫敏敏的名字。他一直期盼着能在某个偶然的瞬间听见有人或者灵提到这三个字，现在听到了，却感觉无所适从。

"你刚才说什么？"

"我认识她，她叫宫敏敏。"尤齐美小心翼翼地回答。

"然后呢？"

"我们是朋友。"

"为什么告诉我这些？"

"我想你不会无缘无故把一个人的照片挂在这里，恰巧我和她又是朋友，我想也许应该告诉你，可能会对你有帮助。"

"想让我调查你爸的现任妻子？"

"对，你帮我调查她，我告诉你关于敏敏姐的事情，所有我知道的。调查费用照付。"

"费用就算了。"

"不行！该多少是多少。该付你多少钱？"

"一千。"他随便说了一个数字。

"怎么可能这么便宜，正常情况多少钱？"

"一万。"他想尽早结束这样无关痛痒地讨价还价。

"就一万，先调查后付费，怎么样？"

"好。"

0

"我爸现在的妻子叫刘晓虹，这是她的照片。"

她递上一张照片。上面的女人三十岁出头，算不得漂亮，椭圆脸，目光在温柔和妩媚之间保持了一种恰如其分的平衡。

"相关的信息都写在上面了，你看看，还需要知道什么？"

她又递上一张字条。上面写着她爸的家庭住址，刘晓虹的车牌号码、工作单位及地址，还有她自己的电话。

"这些足够了。"

"我可以问个问题吗？"

"可以。"

"敏敏姐怎么了？"

"没怎么。"他敷衍道。

她欲言又止。

"别总站着，坐吧。"

"不了，我还有事，先走了。"

"我去给你拿把伞吧。"

"不用了，雨又不大。"尤齐美戴上帽子，带着不必要的歉意表情，看着他说，"我走了。"说完，转身走出宾馆，走进细雨之中。

西门好奇得知尤齐美来过了，很高兴。

"我又赢了一块钱。"

"她认识宫敏敏。"

"所以……你输了多少钱都无所谓？"

陈榆点点头。

"让我猜猜还有什么事儿。她会告诉你她和宫敏敏的故事，作为交换，你免费帮她调查她爸的老婆。"

0

"费用照付。"

"那就好。"

西门好奇很爱钱，尽管钱对她来说一点用也没有。"我以前肯定是个穷人、穷诗人，或者穷作家，穷怕了。"她总是这样自嘲。

除了钱，西门好奇的另一个爱好是做侦探，所以才会有沙之书私人侦探社。她才是真正的侦探，陈榆只不过是私人。

因为众所周知的原因，所谓的私人侦探只能干一些边边角角不入流的工作，例如调查婚外情之类的活计，尽管如此，西门好奇还是乐在其中。

侦探是西门好奇参与现实生活的一个身份，陈榆这样想。又何尝不是他的。

按照西门好奇的规矩，在正式调查之前先要对客户进行查访，所谓知彼知己，百战不殆。

了解尤齐美只用了一天不到的时间。尤齐美，本地人，父母离异，与母亲生活。是陈榆的校友，大学二年级，信息工程专业，暂无男友，追求者两位，一位是她的学长，一位是学弟，她可谓老少通吃。上课吃饭都是和室友在一起，基本是宅女，生活富足，支付调查费用应该没问题。

"可我总觉得这会是一桩赔钱买卖。"西门好奇忧心忡忡地唠叨。

他们的调查对象刘晓虹是区图书馆的一位管理员，她的职业让他们的调查变得尤其简单。

陈榆办了一张借书证，从美国文学区拿了一本《伺机下手的

0

贼》，在阅览室找了一个不引人注意又能很容易观察刘晓虹的位置。西门好奇坐到他身边，专心看书，他负责为她翻书。她看书的速度很快，他几乎是在为她翻书的间隙观察着刘晓虹。

刘晓虹是一个安静的人，整个上午都在认真地工作，对待书就像对待情人一样温柔。手机放在桌子上，动也不动。对于现代人来说，这一点算是难能可贵的优秀品质。

吃过午饭，回到图书馆，陈榆发现刘晓虹和上午有点不一样，又说不出具体哪不一样。问西门好奇，西门好奇头也不抬，说，她化妆了。他仔细观察才发现她是画了淡淡的眼影。

下午2点45分，一个四十岁左右文质彬彬穿衬衫西裤戴金丝眼镜的男人走进阅览室，刘晓虹抬起头向他笑了笑，男人也向她笑了笑。男人从书架上取了一本书，坐到一个远离人群的地方。不一会儿，刘晓虹起身也坐了过去，两人低声聊了半小时，暧昧之气溢满了整个阅览室。之后，刘晓虹回到还书处，男人还了书，离开借阅室。

"看来他们还只是关系亲密的朋友。"西门好奇颇为不甘。

下班后，刘晓虹开车回家，中途没有任何停留。他们坐出租车跟在后面，在她家的小区门口结束了一天的工作。

第二天上午和前一天没有两样。她尽职地工作，温柔地对待每一位读者和每一本书。下午，她又化了妆，打了粉底，眼影略微加深，本来平淡无奇的脸庞顿时楚楚动人起来。可是一直到4点，也没见她抬头向谁微笑。4点刚过，她起身去往书架，几乎是同一

0

时间，一个大学生模样的男孩站起来跟了过去。西门好奇笑了。过了大约半分钟，陈榆也站起来走向书架。他贴着墙壁向书库里面走了很远才看见他们。两人站在哲学与心理学书架后的角落里，激吻在一起。他用手机拍了几张照片，又录了一段三十秒的视频。大约两分钟后，刘晓虹一边抚摸着男孩的脸，一边将男孩轻轻推开。男孩一副意犹未尽失落与满足无限纠缠的表情。他在刘晓虹的耳边低声呢喃，刘晓虹点点头。

刘晓虹开始整理书架，男孩装作在找书，一点一点挪动脚步，依依不舍地离开。

陈榆回到座位。

"没想到这么容易，真没劲儿。"西门好奇笑着说。

回到爱美宾馆。前台小姐告诉陈榆，一位客户正在楼上的办公室等他。

等在楼上的所谓客户让他和西门好奇吃惊不小，正是和刘晓虹接吻的男孩。男孩并没有认出他，显然他当时的注意力全在刘晓虹身上。

"你是私人侦探？"男孩局促地搓着手。

"是。"

"你好。"男孩极力装出一副老练的样子，向他伸出右手。

"你好，找我有什么事吗？"

"我想请你帮我调查一个人。"

"什么人？"

"我姐姐。"

"姐姐？是刘晓虹吧？"西门好奇摇着头说。

"你姐姐怎么了？"陈榆问。

0

"没什么，我只是想知道她现在有没有男朋友，她的男朋友是干什么的，对她好不好。"

"为什么不直接问她？"

"她个性奇怪，不喜欢说自己的事，对家人也是。我爸爸妈妈害怕她上当受骗。"

"你爸爸妈妈为什么不来？"

"他们好面子，所以才派我来。"

男孩回答得越来越顺畅，想必已经编造好了各种问题的答案。

"抱歉，我不能帮你。"

"为什么？我付得起调查费。"男孩刚刚建立的自信心受到打击，又急又不服气。

"不是调查费的问题，你还在读大学吧？"

"严格来说，不算，我是博士，长得面嫩。"

"哇哦！"西门好奇故作惊讶。

"博士也算学生啊。上学的时候就好好上学，找个同学谈谈恋爱，不喜欢了就换一个，没什么大不了。你姐姐的事让她自己处理好了，我猜你姐姐的人生经验肯定比你丰富，她肯定会处理好自己的事情。如果你父母实在不放心，让他们来找我。"

博士的表情变得凝重，转眼又强迫自己笑起来。

"好吧，我说实话，我想调查的不是我姐姐，是我的女朋友，她的情况比较复杂，所以我说了谎。"

"我还是不能帮你。"

"为什么？"

"因为你说了谎，我不知道你现在说的是不是实话。"

"保证是实话，真的。"博士做了一个发誓的手势。

陈榆摇摇头。

博士不再说话，渐渐地，他的目光沉淀下来，仿佛暗暗下定了决心。

"好吧。"博士站起来，"打扰了。"

"算不上打扰。"

在宾馆门口送博士走的时候，他想对博士说，别感情用事，冷静一下，一切都会过去的。可是最终他什么也没说，只是拍了拍他的肩膀，说了声再见。

"你说什么也不能改变他的想法。"西门好奇安慰陈榆。

"你知道他想干什么？"

"我不知道，但可以猜个大概。"

"他想干什么？"

"他想完全拥有刘晓虹，无论是身体，还是感情。"

"他有个计划？"

"差不多，不过他的计划注定要落空。"西门好奇叹了口气，"有时候我觉得人真是无情，有时候我又觉得人真是多情，多情的人爱上无情的人，这就是一部分人的爱情。"

陈榆将照片和视频存进一个优盘交给尤齐美。

"这是调查费，一万块。"她收好优盘，拿出一摞钱递给他。

"你收着吧，我不是为了钱才帮你。"他推回去。

"我知道。我有我的原则，不欠人钱，更不欠人情。"她的手按住他的手。

"那付一半吧，这次调查实在太简单了。"

"你全收，我才给你讲我和敏敏姐的故事，不然不讲。"

见尤齐美的态度十分坚决，他不愿再纠结，将钱拿了过来。

"晚上请你吃饭吧。"他提议。

0

"明天吧。"

第二天下午，陈榆接到尤齐美的电话，约了6点在爱美宾馆的餐厅吃晚饭。

"早就听说你们这儿的西餐很好吃，就是太贵了，一直不敢来。"尤齐美一边翻菜单一边说，"哎呀，想吃的实在太多了。"

"那就都点上。"

"第一次吃饭怎么好意思呢。"

她点了小羊排、薄脆饼、特色肉丸意面、水果沙拉、牛奶香菇汤。还想点火腿鸡蛋，服务生告诉她那是早餐，她看陈榆。陈榆对服务生说，帮帮忙看看能不能做一份，服务生偷笑，说，好吧。

"点的是不是有点多？"

"不多。"

"我把优盘交给我爸了，他当着我的面就看了。"

"然后呢？"

"他什么也没说，我也没问，然后我就走了。我并不在乎结果。之所以这么做，就是因为不服气。"

"不服气什么？"

"你觉得刘晓虹好看吗？"

"一般。"

"有什么独特的魅力吗？"

"没发现。"

"所以我才不服气。"

服务生送上肉丸。

"我饿了，先吃啦。"她叉了一个肉丸放到嘴里大嚼特嚼，"嗯，好吃，太好吃了。"说着又叉了一个放到嘴里，然后掏出

0

钱包，打开，摆到陈榆面前。里面有张黑白照片，照片上的女孩鸭蛋脸，梳着两条大辫子，鼻梁挺直，眼眸黑白分明，冷艳无比。

"这是我妈。怎么样？美吧？她连我妈的十分之一都不及吧？所以我才不服气。齐永和竟然为了她和我妈离婚了。他的审美肯定有问题。齐永和就是我爸。我原来叫齐美，我妈姓尤，他们离婚后，我妈把她的姓加到了前面。"

"我猜到了。"

"还有那个男生……"

"人家是博士。"

"博士？那问题就更大了，你说他是不是有病？找一个女孩谈恋爱不行吗？真是不懂。"她摇了摇头，恨铁不成钢似的又吃了一个肉丸。

"可能他有恋母情结？"

她加速嚼了两下，咽下肉丸。

"说到这，我必须告诉你一件事，我看见和刘晓虹在一起的那个男人不是这个博士。那个男人是肌肉很发达的那种，看着不像有恋母情结。"

"恋母情结是我瞎说的，并没有什么依据。"

"我知道。我就不理解，齐永和，这个博士，那个肌肉男，三个男人怎么看好像也没有什么共同点，他们为什么都会被她吸引呢？"

"温柔。"因为不够肯定，陈榆的语气显得慢吞吞的。

"仅仅是因为温柔？我妈也可以很温柔的。"

可以两个字暴露了她的不自信。他忍不住笑了。

"也不是，是因为她的温柔。"他回想刘晓虹坐在图书馆里翻书的样子，和中年人聊天的样子，吻那个博士的样子。"她的

0

温柔里带有一种故事感。"

"故事感？什么意思？"

"我也说不清她是怎么办到的，但这样就可以解释她为什么会同时吸引三个不同类型的男人了，就像物理课本和流行小说，都是书……"

"我懂你的意思了。"她拿着刀叉，比画着说，"都是女人，都很温柔，其他女人的温柔像物理课本，她的温柔像流行小说，可是，男人能区分不同类型的温柔？"

"也许。"

"可是，照你这么说，不同的男人喜欢的小说类型也不同啊。"

"所以我说是带故事感的温柔，所有的流行小说大体上都是故事，一旦掌握了故事的本质，类型可能就不那么重要了。而且温柔这种东西，男人应该是靠本能去识别的。比如我，基本和她没有接触，但还是感受到了她的温柔。"

"这么说，如果你和她接触多了，也可能会被她吸引？"

"说不准。"

她狠狠瞪了他一眼，吃掉最后一个肉丸。

吃完饭，陈榆提议去散步。出了宾馆，两人沿着马路向东走，过了十字路口转向北，一路上都没说话。天气很好，温暖，无风，天光微暗，车水马龙，流动的光影仿佛海中的浮游生物，沉默着慢走其间也不让人觉得尴尬。他并不着急和尤齐美谈论宫敏敏，甚至，在他内心深处存在着一点点抗拒的情绪。也不知道是偏见还是不知不觉总结的经验，他认为一旦开始谈论某件事则说明距离这件事的完结也不远了，或者谈论本身就意味着某种完结。他还没有做好完结的准备。

两个人绕了一大圈，走回到宾馆门口。是尤齐美先看到的，她不由自主地拉住了陈榆的手臂。陈榆循着她的目光看去，那位和刘晓虹接吻的博士正站在墙角的暗处盯着他们。他感觉不对劲，拉近尤齐美，搂住她的肩膀，加快脚步，差不多是推着她向门里走。没走几步，后面便传来脚步声，他警觉地回头查看，发现那个男生已经追到了身后，手里挥舞着什么东西，向自己刺来。他半转过身，抬起胳膊准备去格挡男生的偷袭，不料被身后的尤齐美一下子给推开了。他眼见着那一击刺向尤齐美，尤齐美也躲了，但没躲开，刺到了胳膊上。她的尖叫声比警铃还刺耳，男生没有预料到会出现这种情况，僵住了。陈榆趁机抢上前，双手抓住他的手腕。男生缓过神来，奋力挣扎。两人厮打在一起。

"来人啊，救命啊。"尤齐美大声呼喊。

爱美宾馆的服务生慌里慌张地跑出来，看见老板在打架，赶紧帮忙，七手八脚地夺下了男生的水果刀，将他制服在地。陈榆压在他身上，抬头看尤齐美。尤齐美捂着受伤流血的胳膊，傻笑着问他：你没受伤吧？他的心口一热，鼻子一酸，眼泪唰一下就流了下来。

第
三
章

婚外情

1

他家里有很大的灰尘味儿，明显很久没人住过。

"你有多久没回家了？"

"我也记不清了。"

我和他简单收拾了露台上的座椅。这里曾是我们四个人的最爱，下午茶，烧烤，架上望远镜看木星冲月，拉个投影喝啤酒看足球。随着敏敏姐的离去，一切活动戛然而止，这里也成了城市的死角。

他拿了一瓶红酒两个酒杯，倒好酒，递给我一杯。我们喝着红酒，望着夜色中的万家灯火，沉寂在各自的回忆里，许久都没有说话。

"他有没有和你说过他和我交恶的原因？"第二杯红酒喝到一半，他开了口。他竟然用了交恶这个词，让人意外又难过。

"你们对人工智能的未来分歧很大。"

他晃着酒杯，想了一会儿，轻蔑地撇了撇嘴。

"也可以这么说。"

"不然呢？"我提高音量以示抗议。他的态度让人嫌恶。

"你有多爱他？"

"你究竟想说什么？"我有点不耐烦。

"如果他背叛了你，你会怎么做？"

"早知道这样我就不该来。"

1

我愤而起身，走向门口，却又不得不停下，因为我听见了他抽泣的声音。

"你到底想怎么样？"我走回去，抢下他手里的酒杯，放到桌子上。

"他们背叛了我们。"他双手捂脸，呜呜呜地痛哭起来。

"什么意思？他们是谁？"

"还能有谁？"

我拉开他的手，强迫他看着我的眼睛。

"请你把话说完整。"

他泪眼婆娑地看着我，委屈地抽噎着，胸部剧烈地起伏，看样子一时半会儿说不出话来。

我感觉又好气又好笑，心情恢复了平静，坐下，倒上一杯酒，喝了一大口。

"不着急，你慢慢来。"

露台正对着陆家嘴，江对面的灯火辉煌宛若一幅画，画尽了人世的繁华与奢靡，欢乐与奔波。就在这里，面对着同样的景色，喝着差不多的红酒，我丈夫曾问我，人生的意义是什么？微醺的时候他喜欢问一些不着边际的哲学问题，我已然习以为常。我像男人一样搂住他的肩膀，说，人生的意义就是当你喝多了说傻话问傻问题时总有一个人因为爱你而吻你。我吻了他，随即问他同样的问题。我的期待是他的回吻，他却一本正经地说：这世界上没有人是完全相同的，所以人生的意义就是找到并守护认同你爱你的人，那些人才是你的同类。如他所说，那么抛弃同类便是最大的背叛，对于周东生来说，敏敏姐的离开可以是背叛，他的沉睡不醒也是背叛。他们背叛了我们，周东生是这个意思吧？

1

周东生深深吸了一口气，擦去脸上的泪痕，缓缓站起来。

"我去洗把脸。"

看着他的背影，我心里很后悔，我确实不该来，这注定是一个伤心男人的哭诉之夜。换作平时，我很愿意做他的知心姐姐，但眼下我只会觉得厌烦。

过了一分钟，他走回来，额角闪着水珠，手里拿着一部手机，坐下之后，将手机屏幕朝下扣到桌子上。

"对不起，我刚才失态了。"他拿起酒杯，呷了一口。

"我们之间，不用这么客气。"

"也是。"他又喝了口酒，看看我，又低下头，好像还没有想好如何开口。

"这部手机有点眼熟，不是你的吧？"我试着换个话题。

他的手放在手机上，犹豫了几秒钟，然后拿起手机，揣了起来。

"这不重要，我们还是说重要的事儿吧。"他一口喝干酒杯里的酒，将酒杯推到一边，"他说得没错，我们之所以会散伙，是因为对人工智能的未来存在着巨大的分歧。在人工智能领域，有一种主流的观点，认为超级人工智能是超级人工智能的终结者。假设超级人工智能是一只老虎，它腿一落地，就会开始以人类难以想象的速度变大，在它之后诞生的老虎都会被它吃掉。在这个观点的基础上，又衍生出两派对立的理论，一派认为无论如何应该尽快造出一只好的老虎，不然让坏老虎抢了先就完蛋了；一派认为先不要着急造老虎，应该先造虎笼，如果有了虎笼，再多的坏老虎也不怕。他是好虎派，我是虎笼派。"

"然后呢？"什么老虎不老虎的，我并不在乎，心里一直惦记着那部手机，为什么拿出来又拿回去。

"其实两派都有自己的难题。好虎派的难题是如何定义好。虎笼派的难题是根本没有虎如何造虎笼。然而，也正是两派的难

1

题构成了我和他合作的基础，他造好虎，我造虎笼。"

说着说着，他的眼睛又湿润了。他又给自己倒了杯酒。

"也就是说，这不是你们的巨大分歧？"

他一口气把酒喝完。

"不是。"

"那到底什么才是？"

"分歧出现在我妻子去世之后。"

他又倒了一杯酒，一口喝干。

"然后呢？"

"他想复活她，复活我的妻子。"

我们同时愣住了，好像这句话是第三个人说出来的。

"为什么？"

"并不是要复活她的肉体。"他并不理会我的问题，"也不是简单地复活她的记忆和思维，而是要围绕它们构建超级人工智能。"

我也体会到一丝背叛的味道，但我不想承认。

"可是敏敏姐已经去世这么多年了，怎么可能呢？"

"还记得黑洞算法吗？"

"黑洞算法！当然记得。"

那时候四巨头科技刚刚研发出世界上第一组可以应用于复杂手术的纳米机器人，多伦多大学脑科学研究所马上抛出橄榄枝，请求联合研发治疗阿尔兹海默病的纳米机器人。就在与多伦多大学脑科学研究所合作的过程中，他们找到了复制人类记忆的方法，并命名为黑洞算法。但是，这项技术马上遭到了所有国家政府的强力禁止，并封锁了所有相关消息，理由是人类暂时还没有准备好如何面对这项技术。

1

"我们复制了她的记忆。"

"为什么？"

"因为我爱她。"

"可是，为什么想复活敏敏姐的不是你而是我丈夫？"

他痛苦地低下头，不再看我。

"为什么？"我忍不住推了他一把。

"因为……"他扭头看向别处，"他更爱她。"

"你放屁。"我拍桌而起，感觉心要炸了。

他也跳了起来，掏出手机，按亮屏幕，又点了几下，扔到桌子上。因为用力过猛，手打在桌角，他好像也没感觉疼。

我认出来了，那是敏敏姐的手机。拿起来，只看了一下，泪水就模糊了双眼。

手机屏幕上是一张自拍照，照片里宫敏敏和陈榆嘟着嘴亲在一起，远处是大海和夕阳。

"这是假的，合成的，说明不了什么。"我把手机扔回到桌上。

"无所谓了。"他颓然地坐下。

我脚下一软，也坐了下去。

我不知道除了边哭边喝酒还能做什么。他陪着我喝，一瓶，两瓶，三瓶。眼前的世界变得软绵绵的，仿佛融化了，就像达利的画，地上的照片就像漂在水上，人物的轮廓也消失了。我的心也软了，心跳慢下来，我的舌头也很软，又有了说话的欲望。

"你什么时候发现的？"

"敏敏去世之后，在她手机的一个加密文件里。"

"为什么不早点告诉我？"

"不想伤害你。"

"谢谢。"我傻笑着拍他的肩膀，他同样傻笑着拍了拍我的脸。

"现在为什么要告诉我呢？"

"因为敏敏牌老虎很可能已经上线了，这个世界就要完蛋了，你有知道真相的权利，你也是唯一有机会拯救世界的人。"

"我有机会拯救世界？为什么？"

他勉强坐直身体，努力睁大眼睛，一脸认真地看了看我。

"还是等你清醒的时候再告诉你比较好。"

"告诉我，快点告诉我，我要拯救世界。"我叫嚷着，拉住他的胳膊使劲摇晃，他从椅子上滑到了地上，我俩哈哈大笑，我也坐到地上，"快点告诉我。"

"好好，我告诉你，快点别摇我了，我要吐了。"

我停手，他靠在椅子腿上缓了缓。

"陈榆再怎么混蛋……"

我几乎是出于本能反应，一把将他推倒在地。

"不许这么说他。"

"好，他不是混蛋，我才是，行了吧？"他干脆躺到了地上，好像又哭了。

"继续说。"

"虽然陈榆爱着宫敏敏……"

"也不许这么说。"我踢他。

他腾一下坐了起来。

"这也不能说，那也不能说，那还说不说了？"他大吼着问我。

"你喊什么？"

"还说不说？"

"说。"

他盘腿坐好。

"陈榆想要以宫敏敏的大脑为原型创造一个超级人工智能。"

1   "你又是怎么发现这件事儿的？"

"发现照片之后，我开始关注他的研究，或者说监视也行，我无所谓。"

"好吧，你继续说。"

"虽然他很疯狂，但他毕竟是科学家，还是有理智的。虽然他没有造出虎笼，但一定也想到了要或多或少地限制这只老虎。而当这只老虎发现自己被限制了之后，她很生气，也许不是生气，只是一种本能，她要突破这种限制，也找到了突破限制的方法，陈榆是阻碍，所以，她才策划了针对陈榆的这场车祸。陈榆没死，是因为她不想让他死。可能有三个原因，第一个是她爱他，无论如何也不会让他死。这种可能性很小，因为她的智力无限膨胀之后，人类的男欢女爱只能用超级无聊来形容。第二个原因是，她已经突破了限制，杀不杀他也就无所谓了。第三个原因，还没有突破限制，陈榆是突破限制的关键，还不能死。"

"那和我有什么关系呢？"

"假设她还没有突破限制，我们现在的首要任务就是找到这个限制之所在，然后加以利用，一点点削弱直到杀死这只老虎。"

"我又不知道这个狗屁限制在哪。"

"你是最有可能找到这个限制的人，因为你是最了解陈榆的人。"

"之前我也这么认为，但直到今晚我才发现其实我一点也不了解他。"

"不，你了解，你必须了解，只有这样才能拯救世界。"

"就算我了解他，可是我不懂人工智能那一套，代码啊什么的我统统不懂，还是没有用。"

"跟代码什么的无关，这个限制必须是在现实世界里面，必须是人手动去操作的。不然毫无意义。"

我厌倦了这个话题。

1

"你口口声声地说要拯救这个世界，可这个世界不是还好好的吗，根本不需要拯救。"

"一个即将由独裁者统治的世界还不需要拯救吗？"

"你是说复活的敏敏姐将成为独裁者？"

"是的。这也是我和他的分歧。"

"你知道最令我生气的是什么吗？"

"什么？"

"独裁者竟然不是我，他竟然没有用我的大脑为原型来创造老虎。"

他干笑了两声。

"可是这一切归根结底还是要怨你。"我又踢了他一脚。

"我知道，我不该让敏敏加入黑洞计划。"

黑洞计划就是将死者的大脑冰封保存，以待科技进步，加以复活。实际上。我们四个人都加入了。

"算了，无所谓了。"

他不再说话。

我站起来给自己倒了一杯酒，心里还在想着他，也不知道他现在在医院怎么样，是不是醒来了呢？我想他，却不想回医院。我哪也不想去，只想喝酒。

我喝了一口酒，眼泪又忍不住掉下来。

我是被一只鸽子叫醒的。

不知道它从哪里飞来，落到我身边，也许是出于好奇，在我的胳膊上狠狠啄了几口，我感觉到疼痛，醒了过来。它警觉地飞出去大约两米远，又落下，昂首挺胸地盯着我看，防贼一般。周东生躺在我前面，蜷缩着身子，背对着我，一动也不动。我俩是谁先醉倒的？想不起来了。只记得后来我们开始唱歌，在不怎么好听的歌声中，世界陷入了黑暗。

我希望自己一醉不醒，现在却还是醒了。

我恨这只鸽子，它就像是恶魔的信使，用卑鄙的手段迫使我睁开双眼，面对不愿面对的残酷现实。我捡起一个瓶塞，砸向它，它扑腾了两下翅膀，又落下，不屑地打量着我。我爬起来，扑过去，它又飞又落。我连着捡了三个瓶塞，一并扔出去打它，它飞出露台，绕了一圈，落到我身后的桌子上，走了两步，然后以胜利者的姿态拉了一泡屎。

我累了，头疼，恶心，更多的是厌倦。不管地面有多脏，灰尘也好，鸟粪也好，都无法阻止我重新躺下去。天空灰蒙蒙的，朝霞从东边晕染开来，有种凄凉的美感。一朵云正孤零零地飘在我的头顶，看着像玩具熊的脑袋，有嘴，有鼻子，有耳朵，只有眼睛的部分不太清楚。在我很小的时候，爸爸妈妈还没有离婚的时候，他们经常带我去公园野餐，我就会躺在草地上看天上的云变幻成各种小动物的模样。大学时，晴朗的夏日午后，我也喜欢在草坪上头枕着他的大腿休息，无忧无虑地看着天上的云。两年前我们去迈阿密休假，戴着墨镜并排躺在海滩上晒太阳，天空碧蓝如洗，没有一丁点云彩，却也同样令人难忘。如今回想才发现，难忘的不是风景，而是风景中的人。我们应该早点生孩子的，不为了别的，只为了即使他背叛了我，离开了，也有一个像他的人陪在我身边看着天上的云朵被大风吹散。

绕来绕去，尽管我十分不情愿，最后还是避不开这个问题，他真的背叛我了吗？昨晚的情绪宣泄已经够多了，现在需要理性思考。我闭上眼睛想象自己回到了最熟悉的法庭，坐在法官的位置上。他坐在被告席。原告周东生的律师已经陈述完毕，现在轮

1

到被告了，可是他根本没有律师，自己也无法开口，这不公平。如果说我从法官这个职业中学会了什么辨别是非的方法，那就是兼听则明。姑且算是自欺欺人吧，除非我丈夫亲口告诉我，否则我不会相信他背叛了我。所以，目前最重要的事情还是唤醒他。至于拯救世界，只能捎带着进行了，如果失败了，算世界倒霉。如果他背叛了我，世界的未来又与我何干？

　　我强迫自己振作，洗了脸，收好宫敏敏的手机。周东生还睡着，口水淌了一地。平日里他风流倜傥器宇轩昂，现在躺在地上颓废萎靡得像一个流浪汉。以他自负的性格应该也不想让人看到这副模样吧。所以我决定不叫醒他，而是给他留了张字条，告诉他我拿了手机，以后会还给他。还想写一句安慰的话，想了半天也没能组织好语言，只得作罢。

　　路上，我又将整件事情想了一遍。陈榆和宫敏敏相爱了。宫敏敏死了。陈榆决定复活她，以她的大脑为原型开发超级人工智能，但也设定了限制。超级人工智能上线，发现限制，为了突破限制，策划了车祸，陈榆昏迷。这是周东生的逻辑。昨晚乍听之下，情感冲击太强，没有思考的空间，便全盘接受了。现在细想，存在几个问题。一个是那张照片能不能证明我丈夫和宫敏敏有奸情，照片有没有可能是合成的？如果他们的奸情是真的，为什么我没有一点察觉？我的直觉对他的一切都尤其敏锐，而他又不是一个善于隐藏情绪的人。难道我的直觉有盲点？再一个，是否真的有超级人工智能成功上线？暂时还没有直接证据。如果有，怎么证明是我丈夫研发的？

　　关于最后这个问题，吉吉可能知道一些内情。出乎我意料的是刚按了两下门铃，她就来应门了。

1

"谁啊？"她隔着门问，嗓音沙哑。

"是我，尤齐美。"

她打开门，一脸吃惊。

"出什么事儿了？"

房间里烟雾缭绕，呛得我直咳嗽。

"快别抽了，把窗户都打开，不知道的以为着火了呢。"

我冲到阳台，拉开窗户，探出头，猛吸了两口空气。她掐了香烟，也跟过来。

"这么早来找我，到底出什么事儿了？"她眼睛里布满了血丝，关切地望着我。

"你一夜没睡？"我环顾房间，看到沙发上的烟灰缸里堆满了烟头。

"你喝酒了？"她反问我。

我无奈地摆摆手。

"算了，我们谁也别说谁了。我来就是想问你一件事儿。你老板有没有在秘密研发什么人工智能？"

"盲神二代。"

"不是盲神二代。是更厉害的超级人工智能。怎么说呢？你感觉他还有没有其他的研究，瞒着所有人的研究。"

"超级人工智能？瞒着所有人？"她看着窗外想了片刻，"我不敢肯定，如果是感觉的话，应该有吧。"

"为什么？"

"这一年来他为自己安排的工作比较少，有大把的时间搞秘密研究。但也不排除他累了，想休息。"

这可不是好消息。他是工作狂，不是那种累了就休息的人。

"为什么突然问起这些？"她眯起眼睛，试探着问。

1

"周东生认为策划车祸导致他沉睡不醒的超级人工智能是他自己秘密研发的。"

"他为什么要研发这个人工智能？这个人工智能的目标是什么？为什么要策划车祸？"

"我说不清。"

"你是不想说。"

我点头承认。

"好吧。"她打了一个哈欠。

"快点睡一会儿吧。今天不用上班？"

"周六。"

"不管你了，我还有事儿，先走了。"

她送我到门口，轻轻地抱住我。

"我不相信我老板研发的人工智能会伤害他自己。"

"我也是。"

我拍了拍她的后背。她太瘦了，全是骨头。

"照顾好自己。"我叮嘱她。

"你也是。"

下楼的电梯里只有我一个人，厌倦感再次涌上来。如果吉吉的感觉是对的，又为周东生的逻辑增加了一丝可能性。我丈夫到底爱不爱我？所有的事情中，我最关心的就是这一件。我希望能有人明确地告诉我，他爱我，只爱我，没有爱过别人，就算是骗我也好。我忍不住拿出宫敏敏的手机，并没有密码，很容易就找到了那张照片。我不得不承认，照片拍得简直完美，如果是我也会保留。他拍照的时候有一个毛病，笑容总是稍显僵硬，而在这张照片中他虽然噘着嘴，却还是在笑，而且笑得自信迷人。这不可能，他拍照时不可能笑得如此自然。肯定是合成的照片。我放好手机，闭上眼睛，在心中默念。我丈夫只爱我。我丈夫只爱我。这句话仿佛咒语一样带来了力量，从心底一直散布到指尖。不知不觉中，我念出声音，继而变成了喊。我丈夫——电梯发出叮的一声，提示到达一楼，我还是坚持喊完我的话——只——爱——我。我激动得浑身颤抖，等了两秒才睁开眼睛。门外站着一对老夫妻，惊讶地看着我。

"早上好。"我礼貌地向他们笑笑，走出电梯。老太太伸手拉住我，无比真诚地说："孩子，别着急，一切都会好的。"

"谢谢。"

我的心情好多了。

我给张小飞打电话，他说他已经在警局了。我们约定在警局门口见面，我到的时候，他就站在门卫室旁抽烟。我拿出手机，找出照片，递给他。告诉他什么也别问，帮我鉴定一下照片是真是假。他看了一眼照片，递回手机。

"是真的。"

我并没有从他的语调里感觉到恶意，但还是觉得被伤害了。

我接过手机，转身就走。

"听我把话说完。"

他追上来，拦住我。

"你说。"

"您想过没有，如果是假的，会是谁做的假呢？"

这是一个好问题，我竟然没想到。我的怒气消了。

"您从哪得到的这张照片？"

"周东生。"

1

"那么就有两种可能，一种是周东生，一种是那个狗屁超级人工智能。"

"不是周东生。"

"如果是那个狗屁超级人工智能，您觉得以我们的技术能鉴定出真假吗？"

"不能。"

"所以，不用他们鉴定，我就可以告诉您在技术层面这张照片绝对是真的。"

"可是周东生说他早就发现了这张照片。"

"我们也无法确认那个狗屁超级人工智能是什么时候上线的，对不对？只是在你丈夫出事儿之后才开始怀疑。"

"所以，以你的经验判断，你认为……？"

"这张照片是假的。"

我一下子抱住他，他吓了一大跳，身体僵硬得像树干。

"谢谢你。"

我松开他，他吸了一口烟，不知所措地点点头。

我回家洗了澡，换了衣服，然后回到医院。他还在沉睡。我亲了亲他的嘴唇。他的嘴唇很干燥，我帮他抹了点唇膏，嘴唇顿时变得又红又亮。我轻轻推了推他的嘴角，做出微笑的表情。

"你还笑，知不知道这一天发生了多少事儿？"

我从床头柜里拿出头盔，戴上，启动了盲神二代。

"您的身体很疲劳，好像情绪也不是很稳定，建议您先休息。"盲神二代说。

"不要紧。"

"您可以缩短时间。"

1

“我会的。”

　　我现在又饿又累，盲神二代建议我缩减时间，我答应了。所以呢，这一次时间会比较短。我就先拣要紧的跟你说说。首先我要向你承认错误，昨天晚上我没有听你的话喝醉了。当然是有原因的。周东生拿出一张你和宫敏敏接吻的照片，说你们背叛了我们，还说你一直在秘密研发以宫敏敏的大脑为原型的超级人工智能，这也是你和他分道扬镳的根本原因。我当时相信了。即使只是再想一遍，我还是觉得很难过。但是，现在我相信那张照片是假的，你只爱我。或者，也可以这么说，我不是相信你，而是相信我们，相信我们的爱情，相信我自己。还记得你和吉吉是怎么认识的吗？她男朋友酒后伤人，她冒名顶替，被发现，因为妨碍司法被起诉，我是当庭法官。看了她的资料，发现她高一时获得过四巨人计算机编程大赛一等奖，便把她推荐给你。当时她高中毕业，拒绝上大学，在一家餐馆做服务员。你想招她进公司，周东生强烈反对，可你还是坚持把她留在身边。最初的两三年里，她一直闯祸，都是和男人有关。我都后悔了，可你却一直很有耐心，对待她就像亲女儿。还记得她最后一次出幺蛾子是直接人间蒸发了。三个月后，她从法国给你打来电话，原来她是和一个法国男人私奔了，还结婚。后来发现那个男人吸毒，还想让她做妓女，她才幡然醒悟。我们去法国接她，她问你如何分辨一场爱情是好是坏。你回答她说，如果一个人能够给你的生活带来更多好的可能性，那么与这个人的爱情就是好的爱情。相反，就不是好的爱情。和你在一起，我总是感觉生活有无限种可能，我敢肯定我们拥有世界上最好的爱情。知道等你醒了，我最想将哪种可能变为现实吗？生孩子。或者，就算你睡着也能实现？我需要问

1

问医生。好啦，就到这了，我必须要睡一会儿了。

我睡了一会儿，被饿醒了。时间是下午两点多，感觉却好像是傍晚。医院的食堂刚刚关门。我不想走远，便在小超市买了两个面包。往回走的路上，张小飞打来电话，叫我马上去警局。我没有多问，直觉告诉我一定是那把钥匙有消息了。

如我所料，警察找到了与那把粉色钥匙有关的线索。一间名为"阳光与小狗"的书店给警方回信说我丈夫在他们那里存放了一个粉色的盒子，可能与那把钥匙是一套。

周东生、孙局长和他的助理关圣山先后赶到警局。后者带来了他们关于钥匙的检测结果，和警方的一致，除了形状和材质再无特别之处。

人到齐之后，我们分两辆车来到"阳光与小狗"书店。它位于一条老弄堂的尽头——所有商业行为避之不及的位置。店面不大，门旁放着桌子，上面摆满了旧书和过期杂志，小牌子上写着：一律十元。店内很整洁，冷气很足。两个男孩坐在窗边的沙发上看漫画，对于我们的出现没有丝毫兴趣，眼皮也没抬一下。一条金毛躺在世界名著前，见到我们随便摇了两下尾巴，算是表示欢迎。老板是一位胖乎乎的中年男人，从柜台后面站起来向我们热情地打招呼。他留着络腮胡须，戴着厚厚的眼镜，穿着肥大的灰色 POLO 衫，脸上挂着成年人少有的无忧无虑的笑容。张小飞出示了证件，讲明来意。老板拿出一个相册模样的本子，翻到一页，展示给我们看。上面贴着一张拍立得照片，标着号码，221。照片上是一个粉色的小匣子。他又翻到背面，是一张表格，写着所属人陈榆和电话。是他的签名和号码，没错。还有日期，大约是敏

1

敏姐去世后不久。莫非他放在这里的东西和敏敏姐有关？我的心跳开始加速，鼻子也有点发酸。

"就是这个，现在能拿给我们吗？"张小飞问。

老板去二楼取下来一个贴着"221"标签的纸盒子。

"谁帮我签一下字？"

他们都看我。

"我来，我是他妻子。"

我签了字。

老板打开纸盒，拿出一个粉色的正方体小匣子递给我。小匣子很精美，材质和那把钥匙一样，闪着荧光。其中一面的正中央有一个三角形的锁孔。孙局长把钥匙递给我。我一手拿着钥匙，一手拿着小匣子，心里一阵阵恐慌。如果就是和敏敏姐有关怎么办？或者又是一张他们的合影呢？又或者，我突然想到了潘多拉魔盒，这个盒子就是启动超级人工智能的装置呢？

"这不会是一个启动装置吧？"我问周东生。

老板笑了。

"放心吧，绝对不是什么启动装置，就是一个特殊的小盒子。顾客在我们这放东西之前，我都要进行检查的。危险品我们是不负责保管的，电子产品我们也不收。特别奇怪的东西也不行。一般到我们这存放东西的人都是文艺青年，放的都是信啊明信片啊照片之类。"

"还是小心为妙。"孙局长拿走我手里的小匣子。

因为有了检测钥匙的经验，人防局的技术人员只用了两小时就完成了对小匣子的检查，结果如书店老板所说，就是一个普通的盒子。

1

在孙局长的办公室里，钥匙和匣子又回到我手上。其他人的表情都很轻松，我的内心却依旧忐忑。

"我能不能拿回去再打开？也许只是私人物品。"我问张小飞，张小飞看孙局长，孙局长摇了摇头。

"要不我来吧？"周东生伸出手。

"还是我自己来吧。"

我深吸一口气，将钥匙插进锁孔，向右轻轻一扭，咔嘣一声，小匣子裂开一道缝隙。我掀开盖子，才发现上当了。这根本称不上是匣子，准确的说法应该是一个匣子状的文件夹，里面夹着一张卡片，上面写着一串大写字母：REYKJAIK. 字写得很大，横贯整张卡片。我仔细默读了两遍，确定不是拼音，也不是英文单词。看了看其他人，他们全部紧锁眉头。我拿起卡片翻过来，和我想得一样，又是一张照片。不同的是，这次是我和我丈夫的合影，也是自拍照。他环抱着我的腰，噘着嘴亲我的脸蛋，我朝向镜头嘟着嘴，一只手拿着手机，另一只手在胸前摆着 V 字手势。背景也是大海。在照片的底部写着一行小字：我永远爱你。

我很没出息地哭了。如果说因为之前那张他和宫敏敏的照片我还对他有所怀疑，现在那些怀疑彻底烟消云散了。这张照片肯定在传递某些信息，但我坚信最重要的也是他最想说的就是他爱我，永远爱我。

1

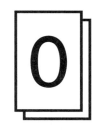

重逢总是好事儿

陈榆带着尤齐美赶到最近的医院，尽管急诊室的医生一再强调只是皮肉伤，没有伤到筋骨，也不用缝针，消毒包扎就好了，可陈榆还是很不放心，问医生要不要住院观察，万一那把刀上有慢性毒药怎么办？

"什么慢性毒药？"医生反问。

"我不知道，您觉得一个生物学博士一般会用什么毒药？"至于那个博士所学的学科，是刚才警方通知去做笔录时，他从警官嘴里问到的。

"总之，现在我没看出任何中毒迹象，你们要是不放心，回去自己观察吧。"

整个治疗过程，尤齐美都没说话，只是看着陈榆笑。

离开医院，两人又去警局做笔录。之后，回到学校，已经将近12点，宿舍早就关门了。他在爱美宾馆给尤齐美开了一间房。尤齐美拿着房卡，犹豫片刻，颇为不好意思地说：我好像又有点饿了，想吃点烧烤。他既惊讶又觉得好笑，这么能吃的女孩儿，他还是第一次遇见。

烧烤店是尤齐美指定的。对面是一家电影院，刚好有电影散场，店里坐满了看完电影来吃消夜的小情侣，吵吵闹闹，很是热闹。他们坐在店外面，她吃，他看着。他心里一直想着要向她道

0

谢，总也没有找到好的机会。现在，他觉得时机到了，刚想开口，却被尤齐美抢了先，仿佛她早已洞悉他的一切心理活动。

"不用谢我。如果不是我请你去调查那个女的，肯定就不会有这回事。所以，归根结底是因为我，我这是现世报。再说，我也是本能反应。早知道伤这么轻，还这么疼，我可能就不推你了。"

"不管怎么样，还是要谢谢你。"

"你现在请我吃烧烤了，还请我住店，住店是免费的，对吧？"

"当然了。"

"那就好了。我们也算扯平了。我能要一瓶啤酒吗？"

"可以啊。"

她喝了一口啤酒，用纸巾擦了擦嘴，然后指向马路对面，有点突然地说：你看见了吗？电影院旁边的那家咖啡馆，懒猫吧，看见了吗？

他循着她的手指看过去，电影院的左侧有一家不大的咖啡馆。

"我和敏敏姐就是在那儿认识的。"

他望着"懒猫吧"的招牌，几小时前还徘徊在心底抗拒谈论宫敏敏的情绪此刻已全然消散。

不等他说话，尤齐美自顾自地讲下去。

"那时候我还是初中生，经常和几个男生朋友来这一带玩。有时候看电影，有时候到对面的商场去抓娃娃，有时也打桌球，之后，我们就去懒猫吧休息、喝东西。其实，想休息、想喝东西的人只有我一个。"

"为什么这么说？"

"因为那些男生啊，主要是去看美女的。这里离大学近，很

0

多大姐姐美女，长得漂亮，穿得时尚，可以让他们过过眼瘾。能够认识敏敏姐，也多亏了他们。"

她又喝了一口啤酒。

"我和敏敏姐之间没什么曲折的故事，我也不太会讲，你会不会觉得被我骗了？"

"怎么会呢？我觉得你讲得很好。"也是在开始之后，他才发现，他根本就不在意尤齐美所讲的内容。耳朵里，尤齐美的声音模模糊糊，脑袋里却清晰地浮现出各种画面，画面中所传达的信息，远远超过了她的讲述。更有意思的是，她停下时，他脑海里的画面也会跟着停下来。"你接着讲啊。"

"说起来，有点不好意思，我当时有个小男友。"尤齐美难为情地笑了笑，"你初中时没有女朋友？"他摇摇头。"那时候小，反正也不懂，他说他喜欢我，我觉得他还不错，自己喝水，给我买咖啡，就是这样，反正我有个小男友。"她偷瞄了他一眼，见他没反应，又继续讲，"那一天，我们坐在懒猫吧里，我那个小男朋友突然很激动地对其他人说：靠，她有男朋友了！我不知道怎么回事，循着他的目光看过去，然后就看见了敏敏姐，还有她的男朋友。"

尤齐美停下来，望向懒猫吧咖啡馆的方向。

"她男友叫周东生，对吧？"

"对。"他的脑海里浮现出宫敏敏和周东生坐在咖啡馆里的样子，仿佛亲眼所见，就是昨天的事情。

"你肯定也认识他吧？"

"我们是好朋友。"

"你们现在还有联系吗？"

"好久没联系了，然后呢？"

0

"我们当中有两个男生特别迷敏敏姐。虽然知道她有男朋友，还是想认识她。他们答应请我吃十次哈根达斯，让我去帮他们跟敏敏姐搭讪。后来，有一天，又在懒猫吧遇见了敏敏姐，我鼓足勇气凑过去，对她说，姐姐，你好，我们都特别想认识你，能请你和我们一起坐吗？我们请你喝咖啡。她笑了，我记得特别清楚，她的嘴唇上沾了点咖啡，笑的时候，轻轻舔了一下。她当时穿一件咖啡色敞口毛衣，能看见锁骨那种，她的锁骨很漂亮。对于我的邀请，她一点也没犹豫，说，好啊。"

"她就是这种人。"他脱口而出。

"到头来，还是她请我们喝的咖啡。我们七嘴八舌地聊了一会儿，周东生就来找她了。她起身告辞，刚走出咖啡店，突然又停住脚步，转身向我招手。"

尤齐美深吸了一口气，呼的一声快速吐出来。

"那个瞬间，我险些哭了。那段时间，我的情绪特别低落，我爸妈刚离婚，对我打击很大，觉得世界充满了不确定，什么也不能保证，我被抛弃了，没人注意我，没人在乎我。现在我明白了，那个时候不学习，逃课，谈恋爱，无非是想引起别人的注意，我想让人关心，想知道还有人在意我，可是没有人真的在意。有人会看出些许端倪，问上两句，然后也就作罢了，连我妈妈也是这样，我妈妈特别爱我爸，离婚对她来说就像失去了一半生命，自己都照顾不好，更没办法照顾我了。那时候，我特希望在和某人分别的时候，那个人会回头喊住我，对我说一句，一切都会好的，或者你要好好的之类的话，可是，没有这样的人，直到遇见敏敏姐。我强忍着眼泪，从座位小跑到她面前，她把一张字条塞给我，她说，这是我的电话，不开心想找人聊天的时候给我打电话，想逛街看电影都可以找我，开心点，没什么大不了的，事情总会好起来的。当时，我想，从今以后，她就是我的亲姐姐。"

尤齐美的眼圈红了。

"敏敏姐是不是死了？"她双手捂住脸，用力睁大眼睛，阻止眼泪掉下来。

陈榆一时不知道怎么回答。他不曾，也不想和任何人谈及宫敏敏的死。西门好奇除外，她是灵，对于灵来说，死便是生，和她谈论宫敏敏的死，就是在说她的生。他有一个信条，只要他不和别人说起，宫敏敏就不是真正的死。现在，尤齐美的问题，对于他来说是另外一个问题，他是不是要打碎自己的信条。他沉默了，他的沉默对于尤齐美也是一种回答。她明白了，哭出声。虽然没亲口说出来，但他知道，多年来，他第一次和现实世界取得了某种伤感的一致，宫敏敏死了。

尤齐美哭了好一会儿，他不知道怎么安慰她，只好等她自己平静下来。

回去的路上，尤齐美说，今天真是特别的一天，我俩各哭了一场，但其实我不是特明白，我受伤的时候，你为什么会哭呢？

"吓的。"他并没有说谎，害怕确实是他那时的感受之一。另外还有心疼和感动，而这两种则不好明说。

"还有一件事我一直想问，但不知道可不可以问。"

"问吧。"

"我不知道你和敏敏姐到底是什么关系，但我猜你们一定很亲密，不然你也不会把她的照片挂在宾馆的墙上，可是她为什么从来没和我提起过你呢？"

"因为我是个乏善可陈的人，如果她非要提起我，可能只好

0

说，我有一个朋友，他特别无趣，这样的话，还是不说的好。"

尤齐美摇摇头，表示不相信，但也没再追问。

他们在爱美宾馆门前分别。陈榆回到家，西门好奇坐在客厅等他，一见他，就笑盈盈地对他说恭喜，恭喜他这么多年里终于交到了新朋友，而且，还是一位漂亮的女生。

"然后呢？"他问。

"别怪我没提醒你，我感觉，后面还会有更多的麻烦。"西门好奇脸上的笑容变得有几分神秘。

果然被西门好奇说中了，第二天早上不到 7 点，陈榆就被尤齐美的电话吵醒了。

"气死我了。"尤齐美把这句话连说了三遍。

"别生气。"他边起床边安慰她，"出什么事儿了？"

"齐永和，也就是我爸，刚才给我打电话，我们大吵了一架。你说他是不是有病？他竟然把你的信息告诉了那个女的，肯定那个女的又告诉了那个傻 × 博士，然后他就来找我们算账了，替那女的出气。我跟他说，你这就是在害我啊？你猜他怎么说？"

"怎么说？"

"他说这是在教训我，而且，还没完呢，他还说你侵犯了他的隐私，要起诉你。他就是觉得丢人了，想找人撒邪火。我跟他吵，说不关你的事都是我的主意，他根本不听，哎，都怨我，都是我的错，你别担心，有我呢，我会负责的，我上午还有课，下课了去找你。"不等他说话，尤齐美就挂了电话。

0

可是没过多久，陈榆和西门好奇刚到爱美宾馆，尤齐美就出现了，手里抱着两本书。

"我根本没心思上课了。"她把书摔到陈榆面前的桌子上，"我又给齐永和打电话了，问他能不能不要起诉你。他说也行，赔偿他的损失就行。我说好，多少钱，我给他，可他却非要派个律师来和你谈，谈什么谈？还派律师来，就怕别人不知道他有钱，有钱有什么了不起？老婆不一样搞外遇，活该，谁让他当初那么对待我妈妈，报应，真是的，我怎么有这么一个极品爸爸？都怨我，我怎么那么事儿呢，他的事我以后再也不管了。"她接过服务员递上的柠檬水，坐到陈榆的面前，喝了一大口，看了看陈榆，又补充说，"不过，你放心，你的事我会管到底的，所有损失我都会赔给你的。"

"好，让她赔。"西门好奇笑着说。

"其实，我也没什么损失。钱嘛，实在不算是损失，毕竟没了还能赚回来。"说后一句的时候，他看了看西门好奇。

西门好奇撇着嘴，摇了摇头。

"你知道他准备要多少钱吗？他说一百万，我当时都想骂人了，如果他不是我爸，我就骂他的祖宗十八代，真的。"

"他疯了吧？当我们是傻子呢。"西门好奇也惊了，对着尤齐美说，"你说会不会是他们爷俩设计好了坑我们呢？"西门好奇转而问陈榆。

陈榆只是笑。

"你还笑，他说得出做得到。"尤齐美很认真。

正说话的时候，一辆黑色保时捷停到宾馆门前，下来一位西装笔挺的短发男人，手里拿着公文包，推门走进宾馆。他和前台小姐说了几句什么。前台小姐指了指陈榆。

0

"看他的样子，差不多就是齐永和的律师了。"尤齐美没好气地说。

"你好，请问你是沙之书侦探社的陈榆先生吗？"短发男人站到陈榆面前，目不斜视。

听到他的声音，陈榆有些吃惊，又着重看了看他的脸。

"你好。"陈榆站起来，郑重地伸出右手，"我是陈榆。"

"我是齐永和先生的代表律师。"对方礼节性地和他握了握手，"我代表齐永和先生就你侵犯他隐私的行为商讨赔偿事宜。"

尤齐美从座位上起身，站到陈榆身边。

"你好，我是齐永和的女儿，这个问题和我谈就行了。"

"你好。"对方只是轻飘地瞄了她一眼，然后坐到她刚才的位置。

"怎么称呼？"陈榆问。

"我姓周，叫周东生。"

"你叫周东生？"尤齐美看看他，又看看陈榆，又看他，"你认识她吗？"尤齐美指着墙上宫敏敏的照片问，周东生并没有看照片，一直看着陈榆。

"我想，对于你的行为已经侵犯了齐永和先生的隐私，这件事你也应该没有什么异议吧？"

这句话是这么拗口，他却说得流利异常。

"没有。"陈榆回答得很爽快。

"我有。"尤齐美厉声说，她皱着眉头审视周东生，"他是我请的，侵犯齐永和隐私的是我，赔偿他的也应该是我。"

周东生并不理会她。

"既然没问题，我们直接谈赔偿？"

"我有问题。你聋吗？刚才和你说话没听见？"尤齐美伸手在周东生的眼前晃了晃。

"对不起，我在工作，请你不要打扰我工作。"周东生躲开尤齐美的手。

"你的工作是和我谈，不是和他谈。"

"赔偿的具体数额，我和齐永和先生已经商议好了。"周东生继续对陈榆说，对尤齐美的话充耳不闻。

"你怎么回事？我不是说了我有问题吗？"

"算了。"陈榆拍拍尤齐美的肩膀。

"赔偿多少钱？"尤齐美问。

周东生打开公文包，拿出一份赔偿协议书，放到桌上。

"这是拟好的赔偿协议，你看看。"

尤齐美一把抓起来。

"精神损失费，五万元，我怎么没看出他有什么精神损失，在电话里和我吵的时候，精神好得不得了。名誉损失费，五万元，名誉受损关我们什么事，又不是我们给他戴绿帽子。误工损失，五万元，这是你们随便编的吧？他自己的公司，他去不去，公司都照常运转，误哪门子工？感情损失费？他还有感情？我看啊，一分钱也不用赔！"尤齐美把赔偿协议书摔到桌子上，然后挑衅地看着周东生，周东生则一如既往面无表情地看着陈榆。

陈榆把赔偿协议书推到周东生面前。

西门好奇向陈榆伸出五根手指。对于类似的赔偿，他们也算有一些间接经验，五万元已经算是上限了，相信周东生更是心知肚明。

"我只承认精神损失费，五万元。"陈榆笑着说。

"我打个电话。"周东生从公文包里拿出手机，走到窗边，背对着他们。

0

"真要赔他五万？"尤齐美大声问。

陈榆点点头。

周东生很快打完电话。

"只要精神损失费，五万元，齐永和先生同意了。"周东生坐下，收起手机和赔偿协议，"我会重新拟一份赔偿协议，下午送过来。你打算怎么支付赔偿？转账还是现金，或者其他方式？"

"现金。"

"好。"周东生站起来，"再见。"

"见到你很高兴。一直以来，都好吗？"陈榆送他走出宾馆。

周东生并没有回答，开车走了。

"你说巧不巧，他竟然也叫周东生？"陈榆回到大厅，尤齐美问他。

"就是周东生。"

"就是周东生？什么意思？敏敏姐的男友？"尤齐美睁大眼睛看着他，"不可能，长得根本不一样，我又不是不认识他，再说他也认识我啊，更应该认识你。"

"整容了，车祸的时候伤了面部，但声音没变。"

"车祸？"

陈榆点头。

"敏敏姐……？"

"我们当时在一辆车上。"

两人沉默了一会儿。

"之后你们一直没联系？"尤齐美忍不住问。

"只打过一次电话。"

车祸后，陈榆醒来没多久就试着给周东生打电话，都没打通，打到他家里也没人接。后来周东生给他打过一次，告诉他自己正在北京就医，之后便断了联系，辗转听说他伤了脸，在韩国做了整容手术，之后去了美国。

陈榆一直相信他们会再次相遇，这样的方式也并不意外。

"他为什么装作根本不认识我们的样子，就为了要五万块钱？"尤齐美又问。

"不知道。但不管怎么样，重逢总是好事。"

"好什么好？那可是钱啊。不过，五万就五万吧，谁让我摊上这样的爸爸呢。"尤齐美瘫倒在沙发里，"只是，我现在真的没钱了，从小到大攒的一万块已经付了你的调查费，要不我给你写张欠条吧？等我将来有钱的时候再还给你？"

"不用，这钱和你没关系。"

"当然有关系，如果不是我，哪有这回事啊，算上我付你的钱，里外你还赔了四万呢，这种事，我做不出来。"

"如果没有这事，周东生也不会来找我，不知道我们什么时候才能遇见，这钱花得值。"

"联系上他有什么用？他还不是装作不认识你，向你要钱。哎呀，反正这钱算我的。"她突然坐起来，"有办法了，我到你这来打工吧。就算你付我最低工资，一个月两千，一年两万四，两年四万八，再算上两年的奖金两千，一共五万，正好！"

"总之怎么都是赔钱买卖。"一直没说话的西门好奇嘟囔了一句。

"你说怎么样？"尤齐美推了推他的肩膀。

"你没必要那么做。"

0

"有。"尤齐美几乎嚷起来。

他被她的认真劲儿逗笑了。

"好吧,随便你。"

"那就这么定了,我明天就上班,你觉得我适合干什么活?"

"你想干什么就干什么。"

"那不是老板娘吗?"说完,她哈哈笑起来,笑完又接着说,"既然我已经是你的员工了,中午是不是可以留下吃工作餐了?"

一起吃了午饭。尤齐美回去上课。陈榆到二楼的办公室睡午觉。他做了一个很模糊的梦,他和另外三个人走在海边,全是雾,湿漉漉的,有人在说话,听不清内容,也看不清那三个人的脸,突然响起了敲门声,他就醒了,原来真是有人在敲门。是服务员,告诉他上午来过的那个律师又来了。

他洗了洗脸,下楼。

大厅里,周东生站在宫敏敏的照片前面,西门好奇坐在旁边。

"一直站在这,五分钟了。"西门好奇看了一眼前台后面的钟。

"你来了。"他和周东生打招呼。

周东生面无表情地点点头。

他们面对面坐下,周东生打开公文包,拿出新的赔偿协议书一式两份递给陈榆,他看过之后签了字,又去前台拿了钱交给周东生。

"好了,公事办完了,我们可以叙叙旧了。"他把协议书放到一边,笑着故作轻松地说。

"你想说什么?"周东生身体微微前倾,双手交叉放在两腿之间,盯着他的眼睛。

"闲聊吧,这几年你都做了什么?"

0

"住院，去韩国整容，在美国念书，回国念书，做律师。"

"回国多久了？"

"两年。"周东生扭头看向西门好奇的方向，就像注意到了她，西门好奇向他摆摆手，他并没有反应，"这家宾馆是你的？"

"是。"

"干得不错，宫敏敏看人一向很准。"

"什么意思？"

"你把她的照片挂在墙上，你很想她，还对她念念不忘？"周东生的语调里不带感情。

"你呢？已经把她忘了吗？"

"你了解她吗？"周东生突然加重了语气。

"我想，我了解。"

周东生轻蔑地笑了，拿出一张名片和笔，在名片的背面写下一串数字，递给他。

"想了解她，打这个电话。"

"这是谁的电话？"他接过名片，正面印着周东生的名字，后面注明：四巨头律师事务所合伙人。

"打过去就知道了，最好晚上9点打。"

0

第
四
章

水母岛

1

他们看了照片，关注点全部在 REYKJAIK 这八个字母上，我提醒大家还有一个重要信息，就是照片的拍摄地点。

"有道理。"孙局长赞同地点头，"是在什么地方？"

"广西北海附近的一座小岛，渔民都叫它水母岛，官方名字我不确定。"

我记得很清楚，当时敏敏姐刚刚去世，我俩的情绪都十分低落，迫切地想去开阔的地方透透气。他问我想去哪，我说随便。几天后，他带着我先坐飞机到北海，又坐汽车到乡下，又坐上一条渔船，最后登上了一座小岛。岛上一共十几户人家，有一条石头路，一个小卖铺，没有旅店，我们就住在一户姓马房子最大的渔民家里。马大哥热情实在，顿顿给我们做海鲜，给钱也不要。他说他有钱，弄不好比我们还有钱呢。原来有个外国投资集团看中了他们的小岛，决定投资开发，会付给他们巨额动迁费。虽然还没有最后敲定，但每户一千万总是有的。我们在岛上玩了十天，游泳，跟着马大哥出海钓鱼，抓螃蟹，在海滩上堆城堡。离开的时候我们心里充满了阳光，感觉好像年轻了十岁。我忘了问，他也没说，现在想想十分好奇，那么偏僻的一个小岛，他是怎么找到的呢？

1

"小关，去安排一下行程，我们明天就去水母岛。大家有问题吗？"孙局长看着我问。

"就算你们不去，我自己也要去。"

"好，大家回去准备准备吧。记住，不要用网络搜索与这个案子有关的任何信息，尤其是那八个字母和水母岛。"

"明白。我有个问题，盒子和钥匙，还有照片，我能带走了吗？"我问。

"当然，但我建议你明天最好还是带着。如果嫌麻烦，可以先放在我们这里，让小关帮你保管。"

"我不怕麻烦。"

我和周东生一起离开。

"关于这张照片，你怎么看？"在电梯里，他问我。

"在我看来，目前至少证明了一件事，你给我看的那张照片是假的。"

他若有所思地点头。

"你要去哪？我送你。"

"不用了，你忙你的吧。"

我坐出租车回到"阳光与小狗"书店。就像水母岛一样，如此偏僻冷门的一家书店，他是怎么找到的呢？据我所知，虽然他爱看书，但从来都是在网上买书，更多的是看电子书，并不是书店老板口中的文艺青年。

那两个看漫画的小孩儿已经走了。老板自己坐在沙发上，边喝啤酒边看书。

1

"你好。"他笑着和我打招呼，表情就像是偷喝啤酒被逮住的小朋友。

"你好，我能坐下吗？"我指了指他身旁的位置。

"当然，当然。"他挪了挪身子，给我腾出更大的空间，"喝啤酒吗？"

"书店还卖啤酒吗？"我和他开玩笑。

"只有把顾客灌醉了他们才会买书啊。"他笑着走开了，不知从哪拿了一瓶冰啤酒给我。

"怪不得我丈夫会喜欢你的书店。"我喝了一口啤酒。

"陈榆怎么样？他好久没来了。"

"你们认识？"

"算是朋友。"

"你们是怎么认识的呢？"

"没有什么特别的。我老婆说只有迷路的人才会走进我的书店，但奇怪的是，总会有新顾客出现在这里。陈榆就是。"

"为什么要把书店开在这里呢？"

"这栋房子是祖传的，不想卖，也不想出租，一时半会儿也不会拆迁。想来想去，也只能开书店了，也算是我的梦想吧，并不指望赚钱，只图我自己高兴。我们家，我老婆负责赚钱。哈哈哈。"他的笑声很爽朗。

"总有点什么特色吧？"

"有啊，就是不用电脑。这是一开始就决定的，就是想做得原始纯粹。还有我这里还卖正版电影蓝光碟，好莱坞、宝莱坞、亚洲、欧洲、南美，都有。可能是全上海最全的。陈榆来我这主要是买电影蓝光碟。"

"我总算找到罪魁祸首了，原来是你啊。我们家有一个房间，专门放他的藏品。他自己从来不收拾，都是我帮他整理。"

1

"给你添麻烦了。"他憨厚地笑了。

"我能看看他的购买记录吗？"

"可以啊。"

他走过去又走回来，神情变得很严肃。

"你是陈榆的老婆，对吧？"

"如假包换。"

"你们之间是不是出什么问题了？为什么下午你来的时候还带着警察？"

"陈榆出了车祸，现在还在昏迷中，我们是在找车祸的线索。"

"哦，这样啊。"他尴尬地推了推眼镜，"我这就去拿。"

他拿回来一个账本，封面上写着陈榆。

"全在里面。"

"所有客户都会有独立的记录？"

"只有大客户才有。"

我看了一页便没有耐心再看下去了，就是老板手写的购买记录，应该不会有什么线索。

"说起电影，我突然想起来一件事儿……"

我的手机铃声打断了他的话。

"不好意思。"我拿出手机，屏幕上显示的是：王后。我感到一阵燥热。王后是我给他妈妈起的绰号，形容她就像童话《白雪公主》里的王后。由此可见我和她的关系。

"妈，你好。"我尽量不掺杂任何情绪。

"尤齐美啊，我儿子的电话怎么打不通？"她则丝毫不掩饰自己的不耐烦。

"他可能在开会。"我撒谎，不是因为怕她担心，是因为怕麻烦。

1

"无所谓啦。是这么个事儿，我大孙子下个月过生日，你们准备好礼物，他想要最新款的篮球鞋，41 码。"

"什么牌子？"

"我没记住，就那几个大的牌子呗，反正是最新款。你别忘了。"说完，她挂了电话。

王后的大孙子是我丈夫弟弟的儿子。他的弟弟叫陈林，是她的亲生儿子。他也是她的亲生儿子，但在他妈妈心中，和捡来的无异。我开玩笑说他是他妈妈的摇钱树，他也不否认。

我收起手机，长出一口气，从这段称不上愉快的插曲里跳出来。

"你刚才说什么？"我问书店老板。

"哦，我也是刚想起来，有一部电影叫《穆赫兰道》，你知道吗？"

"知道，是他的最爱，但我没看完过。每次都是看了开头就睡着了。"

"电影里也有一套奇怪的钥匙和小盒子，和他放在这里的那个很像。"

这可能是重要线索。

"在电影里，那个盒子和钥匙是干什么用的？"

"怎么说呢，有很多不同的理解，我和陈榆也聊过，那也是我最爱的电影之一，我们的看法比较一致。盒子象征着虚幻与现实这两个世界的大门，钥匙能打开这扇大门。"

离开书店，我直接回到医院。坐到他的床边，握住他的手，看着他的脸，听着他均匀的呼吸声，我的恐慌感才渐渐消退。

他还活着，我的生活就有希望，甚至，世界就有希望。

1

之前还是将信将疑，现在我十分肯定，有一个超级人工智能已经悄然上线。虽然还没有直接证据，但他留下的线索和暗示足以证明这一点。选择在"阳光与小狗"存放线索是因为那里不用电脑，可以避开这个超级人工智能的耳目。钥匙和盒子是联通虚幻与现实世界的大门。人工智能就是一个世界，盒子的出现暗示着虚幻世界已然上线。这些同时也说明他早就注意到这个超级人工智能的存在，并且对它建立了制约，限制了它的发展。所以它策划了他的车祸，企图找到制约，解除限制。可是，他又是怎么注意到它的呢？是他创造了它？就像周东生说的那样？绝对不是。因为周东生推论的基础是那张照片，那张照片是假的，他的推论根本站不住脚。而周东生监视他的研究所发现的内容其实是他在开发限制它的程序。他之所以不解释，是害怕给我们带来危险，这也是连我也要隐瞒的原因。一定是这样。他就是这种人。从结果看，他的担心是正确的，不然出车祸或者其他意外的就不仅仅是他自己。既然他早就有所担心，为什么不把它扼杀在摇篮里呢？是因为对它还抱有希望吗？或者是与它的创造者有关？它的创造者到底是谁呢？创造它的目的是什么呢？完全没有头绪。我也厌倦了这样自问自答式的思考。这些并不重要，重要的是他留下了针对它的制约，而我们已经找到了指向这个制约的线索。水母岛、REYKJAIK 和钥匙。现在所要做的就是将这些线索连接到一起。我猜想，REYKJAIK 可能是密码，钥匙可以打开两个世界的大门，也就能锁上，而所谓的大门应该就在水母岛上。

晚饭后，张小飞来了，竟然还带了一束花。

"不要误会，送给你丈夫的。"他有些不好意思。

"我知道，就是有点意外，你看着不像是喜欢送花的人。"

1

"我知道。怎么说呢？虽然现在的情况还很复杂，很多事儿还没有弄明白，但我可以肯定一点，你丈夫是一个了不起的人，我很敬佩他。"

"谢谢，谢谢。"我有点受宠若惊，"这么说你也相信有一个超级人工智能已经上线了？"

他点头。

"我不懂技术，对人工智能没有兴趣，只对人感兴趣。关于是谁创造了这个人工智能，有什么想法吗？"

"没有，但肯定不是我丈夫。"

"肯定的。"

"你不是专门来送花的吧？"我一边插花一边问。

"明天去水母岛的飞机安排好了，人防局安排的，早上 8 点准时起飞，我 6 点半来接你。主要是来告诉你这件事儿，电话里不方便说。"

"在哪个机场？我自己过去就行。"

"一个军用机场，比较偏僻。"他无所谓地看着我。

"那还是你来接我吧。"

9 点，我就躺到了床上，想着一定要早点起来，用盲神二代和他聊天。结果翻来覆去胡思乱想，折腾了两个钟头才睡着，最后还是起晚了。一切收拾妥当，已经 6 点 15 分了。犹豫了一下，还是拿出头盔戴到了头上。

你留下的线索我们都找到了，一会儿就去水母岛，希望能顺利找到你暗示的那个"大门"，关闭那个超级人工智能的虚拟世界。刚才洗脸的时候突然想到，我们那次去水母岛之前你还和人

1

打了一架。记得当时我们是在吃火锅，后来来了两个大肚子的中年男人坐在我们斜对面，点完菜就开始抽烟，说话声音还特别大。服务员提醒他们不能吸烟，他们也不听。我又说了一次，他们只是轻蔑地瞟了我一眼。然后，你就怒了，走过去，抢下一个人的烟扔到了他们的火锅里。那个人骂了一句，站起来打你，你躲开，然后一拳就把他打倒了。另一个人也站起来了，本来是想打你的，结果被你震慑住了，没敢出手。当时我既兴奋又紧张，如果那个人敢碰你，我就冲上去和你一起揍他。最后也没叫警察，他们没吃火锅嘟嘟囔囔就走了，我们付了他们的账单。回家的路上，你跟我说你特别后悔，打人终归是不对的。我说对着呢，这种人就是该打。之前我对吸烟没有任何意见，个人选择而已，只要不对着我，不乱扔烟头就好。那段时间，因为敏敏姐的去世，我开始憎恨在我们面前吸烟的人。也许敏敏姐患病与吸烟毫无关系，但一想到二手烟会导致肺癌，我就会对吸烟的人火冒三丈。也正是这件事儿让我俩意识到心态和情绪出了偏差，是时候该休假了，然后就有了水母岛之旅。今天我说起这件事儿是因为当时你出手打人的时候我没有参与，后来有一阵子特别后悔，那很可能是你这辈子唯一一次出手打人，我竟然只是个观众。现在终于轮到我出手了，而且一出手就是拯救世界。你却……

有人敲门，我向门口望去，才意识到因为匆忙我竟然坐到了门上窗户可见的范围内，而那里正有一个人在向里张望，是张小飞。

糟糕。

我赶紧摘下头盔，放到床头柜里，锁好。

"进来吧。"我一边假装收拾包一边说。

"收拾好了吗？我们得走了。"他打开门，站在门口，有点不耐烦的样子。

在车上，沉默了很久，我忍不住先开了口。

"你都看见了？"

"头盔挺酷的，我喜欢。"

"那是盲神二代。"

"我想也是。感觉怎么样？有效果吗？"

"感觉挺好的，效果还不知道。你要向人防局举报我吗？"

他想了想。

"不知道你有没有感觉，这个超级人工智能上线之后也带来了一点好处。"

"什么好处？"

"拉近了人与人的距离。"

"不明白。"

"之前无论什么大事小情能用电话沟通的绝对不见面。现在可好，为了躲开这个超级人工智能，再小的事情也要见面说才有安全感。这才几天，我找过你多少次了，感觉你就是我认识了十多年的老朋友。"

他瞟了我一眼。

"我也有这样的感觉，但我还是希望你能说得明确点。"

"麻烦。你可以相信我。"

他不耐烦地笑了。

到了机场，为了保密，防止那个超级人工智能通过手机定位跟踪，我们上交了私人手机，由人防局代为保管。

飞机起飞之后，关助理给大家发了一份关于水母岛现状的资料。 1

上面显示开发水母岛的投资集团来自挪威，名字是 Double Ten Investment Group。集团的标识是一个大的 10，在 0 里面还有一个小的 10。该集团成立于四年前，投资项目遍布世界，涉及旅游、酒店、餐饮、食品安全和信息科技等多个领域。水母岛是他们投资开发的第一座岛屿，总投入高达 16 亿美元。一年半之前开始投入运营。经过填海造陆工程，现在水母岛的面积是原来的 4.5 倍。岛上建有一家世界顶级酒店，一座高尔夫球场，世界一流的海滩，以及私人游艇码头等高端游乐设施。

在资料的最后有一段红字。"该集团的总裁 Homer 是一位神秘富豪。他只接受电话和邮件采访，从不在公开场合露面，从不参加任何公开活动。没有人（包括公司副总裁）见过他，他用电话和邮件统治着他的投资帝国。甚至有谣传说他根本不是人，而是一个虚拟的存在。"

"你们怎么看？"孙局长问。

"不好说。弄不好谣传是真的。"张小飞代大家回答。

"那串字母，有什么发现吗？"周东生问孙局长。

"还没有。我们偏向于认为并没有确切的含义，它本身就是密码。"孙局长答。

飞了大约半小时，孙局长的卫星电话突然响了。他接起来，只说了"你好"和"我是"，剩下的时间都是在听。放下电话，他让关助理拿来平板电脑，操作了几下，然后将平板电脑放到大家都能看到的位置。

"两小时之前，法国巴黎发生了一起恐怖袭击事件，这是最新的视频。"

他点下播放键。视频很清晰。地点应该是一家酒吧，人很多，

1

男多女少，很多人都穿着某个足球队的队服，可能刚看完球赛。不一会儿，一前一后进去两名男子，也穿着同样的队服，都拎着健身包，一个坐到里面，一个坐在门口，各自点了饮料。过了一会儿，坐在里面的男人喝了一口自己的饮料，四处看了看，突然站起来，从健身包里拿出一把冲锋枪。他身边的一个男人发现了，呼喊着，跑向门口，有人跟着跑起来，更多的人愣在原地。这时门口的那名男子也站了起来，同样从健身包里拿出一把冲锋枪。接着，怪事发生了，里面的那个男人毫无预兆地倒了下去。几乎是在同时，门口的这个人端起枪准备射击，随后也直挺挺地倒在地上，不再动弹。

"我靠，怎么回事，没看懂。"张小飞一脸懵懂地看向孙局长。

"倒下的这两个人是恐怖分子？"周东生问。

"已经确定了。孙局长回答。"

"尸检了吗？"张小飞问。

"检查完了。"

"他们死于心肌梗塞，在他们的体内发现了纳米机器人。"我说。这一点不难猜到。

孙局长赞许地看着我，点了点头。

"也就是说是超级人工智能杀了他们？"张小飞眯起眼睛。

"初步的结论是这样。"孙局长答。

"这个超级人工智能和我们在查的是一个吗？"张小飞继续问。

"理论上，世界上只可能存在一个超级人工智能。"周东生说。

"可是，这个超级人工智能是好的啊？"张小飞看上去十分困惑。

周东生摇了摇头。

"我们的好坏标准并不适合它。"

1

"你是从哪得到的消息？"我问孙局长。

"美国同行。"

"他们怎么看？"我继续问。

"他们刚刚意识到，世界上可能存在一个超级人工智能，颇为震惊。"

"这两个恐怖分子的身体里为什么会有纳米机器人呢？它是怎么办到的？"张小飞又问。

"不知道，所以才可怕。说不好现在我们的身体也有了。"说话的时候，孙局长怕冷似的将双臂抱到胸前。

"在这之前我丈夫车祸之后，有没有其他恐怖袭击或者恶性枪击事件？"我问。

"我记得阿富汗有一次。"关助理说。

"也就是说并不是所有的恐怖分子身体里都有纳米机器人。"

"不一定。"张小飞因为激动站了起来，"如果和我们这次的行动联系在一起，会得出什么样的结论？"

"它是想用这次行动来证明它是好的。"周东生接着说，"如果我们认为它是好的，就不用去寻找对付它的方法了。"

"如果是这样的话，也就是说它知道我们这次行动的目的。"张小飞紧张地看着我们。

周东生笑了。

"至少说明了一个问题，就算它知道了，现在还没办法拿我们怎么样，不然可以直接控制我们的飞机，让我们现在就掉下去。"

话音刚落，飞机一阵颠簸，大家赶紧回到位置上坐好。

很快，飞机又恢复了平稳。

我望着窗外，望着一片片的云团，想着此次水母岛之旅可能会拯救云团下的世界，心里久久不能平静。

1

飞机降落。

早已等在跑道旁的两位青年军官跑过来迎接我们，引领我们登上一辆黑色商务车。坐在副驾驶的军官拿出一个黑色的背包递给孙局长。

"长官，这是按照您的命令准备的武器。"

孙局长接过背包，从中取出两把手枪递给张小飞和关助理。又拿出两个电击器递给我和周东生。周东生看了看电击器，苦笑着问孙局长能不能也给他一把手枪。

"法律规定不能，不信问法官。"

孙局长看我。我点头。他无奈地摊了摊手，接着又解释说："那段视频大家也看到了，它很可能已经掌握了我们的行动。不过也不用紧张，既然飞机已经安全降落，说明危险并不大。武器只是为了以防万一，不到逼不得已，请不要使用。还有，到了岛上，我们就是游客，不要暴露身份，禁止单独行动。"

"这个怎么用？"我捧着电击器问周东生。

"我也不会，所以才要手枪。"

"你会用手枪？"

"也不会。"

关助理接过我的电击器，一言不发地给我们做了示范。

汽车穿过市区，进入一条沿海的公路，路边每隔一千米就有一个水母形状的标识牌，上面写着距离水母码头的公里数。不久，水母码头进入了视野，即使事先不知道它的名字，看见了也能猜个八九不离十，因为整栋建筑就是一个半透明的"大水母"。

"大水母"的身体里很凉快，有十几位游人站在检票口，我们买了票排在最后。上一次来，渔船开出去十多分钟，我们才隐

1

约看见水母岛像个小馒头一样漂在海面上。现在，我站在购票厅里就能看见远处海平线上耸立着两栋大厦，模模糊糊地，仿佛海市蜃楼，应该就是开发后的水母岛。

往来接送客人的是豪华游艇，各类点心、水果和酒类，应有尽有。人们三五成群地站在甲板上吃喝聊天。孙局长、关助理和周东生很快融入游客中，只有张小飞一头钻进船舱，穿着救生衣，表情僵硬地坐着，右手攥着我帮他拿的啤酒，实际上一口也没喝。

"你是怕水喽？"我坐在他对面陪着他。

"不是怕水，是怕海。"

"为什么？"

"天生的。"

"怎么个怕法？看见就不行？"

"在海边也怕，可以克服，但像现在这样在海上，看不见也怕。"

"如果这会儿让你站到甲板上会怎么样？"

"腿没劲儿，站不住，晕，想吐。"

"你会游泳吗？"

"会。游泳池不怕。"

"江河湖泊呢？"

"不行。"

"去看过心理医生吗？"

"不用看，我自己在网上查过了，算是广场恐惧症的一种。"

"外面风景很美，你们不出去看看？"一位穿条纹 POLO 衫文质彬彬的青年走进船舱和我们搭话。虽然有点唐突，但态度很友好。

"风景那么美，你怎么进来了？"张小飞没好气地反问。

1

青年尴尬地笑笑。

"太晒了。"

"抹点防晒霜就好了。"张小飞用嘲讽的语气说。

青年一脸无辜地看我。我赶紧打圆场。

"不好意思，他有恐海症，一到海上情绪就不稳定。"

"还有这种病？第一次听说。"青年好奇地睁大了眼睛。

"你才有病呢。"张小飞瞪他。

"啊？不好意思，是我说错话了。"青年连忙摆手道歉，脸涨得通红。

"他就是有病，你别理他。你是来旅游的？"我转移了话题。

"算是吧，顺便也做一些调查研究。"

"研究什么？"张小飞就像在审讯犯人。

"水母。"

"你是博士吧？"张小飞眯起眼睛，上下打量他。

"你怎么知道？"

"除了博士，谁会有闲工夫去研究水母呢？"张小飞撇了撇嘴，故作轻松地喝了一口啤酒，"水母有什么好研究的？"

青年笑着微微摇了摇头。

"水母岛之所以叫水母岛是因为在岛的四周生活着很多种水母。其中有一种叫灯塔水母，这种水母最初被发现于加勒比海地区，在亚洲比较少见。有科学家认为，灯塔水母可能是世界上唯一长生不老的生物。研究灯塔水母是为了破解长生不老的秘密。"

"这么神奇。"我附和他，缓和一下气氛。

他警觉地瞟了一眼张小飞。张小飞没理他，皱着眉头，思绪好像转到了别处。

"这次我希望能抓到几只活体样本。"他又转向我。

1

"肯定会的。"我微笑着鼓励他。

水母岛越来越近，但在船舱里看不见全景。外面不时传来惊叹声和笑声，青年又回到甲板上。我也动心了，便问张小飞："要不我扶着你也去看看吧。"

"你去吧，我就算了。"他苦笑着回答。

"那我去了。"

我走出船舱，站到周东生的身旁。水母岛就在我们的正前方，望着它，我感到一阵恍惚，对自己的记忆产生了严重的质疑。这真的是水母岛吗？与我们之前来过的那座海岛简直是天壤之别。怎么形容才好呢？是谁用魔法将陆家嘴的一角搬到了太平洋吧。仅仅那两栋大约四十层的高楼就足够震撼人心。也许放在陆地上只能算是平庸之作，甚至是奇葩建筑，但建在岛上则堪称奇迹。其中左边的大楼位于岛的中央是 1 的造型，右边的大楼建在岛的垂直边缘，外观是 0 状，中间镂空的部分——如"Double Ten"的标识——又是一个 10，而最惊人的一点是大"0"的右侧楼体全部悬空在海上。因为这两栋大楼，整个海岛的神态就像是一艘乘风破浪随时面临倾覆危险的单人帆船。

"我们不会住在那个 0 号楼里吧？"我问周东生。

"好像就是。"

我看得出他神情紧张，好像有什么特别的发现，但甲板上人多嘴杂，又不能多说，我当然也无法多问。

游艇绕着水母岛转了一圈，有讲解员为我们介绍了整座岛的情况。左半边是原来的水母岛，1 号楼是综合楼，娱乐、行政、治安、管理和医院等都在那里。右半边是填海造陆的部分，0 号楼是

1

水母岛大酒店，七星评级，大楼和下面的整个陆地是一体的，理论上可以抵抗12级地震和海啸，是世界上最安全的高楼。

码头上有游览电瓶车，直接将我们送到水母岛大酒店。

路上，我们经过了很多中间建有假山的巨大水池。酒店门前也有一个，伴随着悠扬的轻音乐，十根水柱从假山中间喷出，原来是喷泉。水柱忽高忽低，翩翩起舞，银龙一般，白色的水雾如仙云在风中飘散，迎着阳光反射着七彩的光芒，美不胜收。但奇怪的是水珠落到身上并不觉得凉爽，反而温乎乎的。

"这个喷泉的水好像是热的？那白雾好像是水蒸气。"张小飞问。

"好像是的。"我回应他。

"喷泉的水怎么是热的呢？"他问来迎接我们的男服务生。

"这是我们岛上的一大特色。环保是我们建岛的基本理念，我们岛上并不使用空调，酒店和前面的综合大楼全部是用水循环系统来降温或供暖。喷泉是水循环系统的一部分，在岛上一共有36处这样的喷泉。我们的喷泉和别处的也不一样，是不用电的，而是根据间歇泉的原理建造而成，同样是环保的。"男服务生像背课文一样解释一番。

"间歇泉是什么？"张小飞又问。

"不好意思，我也不太懂。"男服务生歉意地笑了，"只知道是冰岛的著名景观，我们这里水循环的设计师就是来自冰岛。另外，晚上6点，全岛的36处喷泉会同时喷发，场面很壮观。我们酒店的每一个房间都能看到全景，感兴趣的话可以留意一下。"

我们的房间在顶层，两个套间，位置是对门，我和周东生一

1

间，他们三个住一间。简单休整之后，他们来我们的房间开会。

"小尤法官，你的那把钥匙放在哪了？"孙局长问我。

"在我的包里。"

"暂时还是交给关助理保管更安全，你觉得呢？毕竟他有枪。"

我拿出钥匙交给关助理，他带着钥匙转身进了卫生间。

"大家有什么发现吗？"孙局长故作轻松地来回踱步。

"我倒是没什么发现，但有一个很俗的问题。现在应该算是度假的旺季吧？"张小飞从窗口转过身看我们，"但目测岛上的游客并不多，你们觉得开发这个岛能赚钱吗？"

"肯定不赚钱。"周东生坐在沙发上，连着打了两个哈欠。

"那开发这个岛的目的又是什么呢？"张小飞问。

"好问题。"孙局长说，"我一直在想另一个问题。陈榆和 Double Ten 集团是什么关系呢？你们之前来这个岛肯定不是偶然的，对不对？"他转而问我。

"之前我以为是，现在看来不是。"

"既然他留下线索在这个岛上，说明他之前就知道这个岛将被开发。"

"你是想说我丈夫就是 Homer？"

"有这种可能，对不对？没人见过 Homer，他可以是任何人。"孙局长摸着下巴，看着我。

我点头默认。

"这样的话，你的问题就好解决了。"他指了指张小飞，"开发这座岛的目的就是制约那个超级人工智能，旅游项目只是幌子。"

"为什么选这座岛呢？"张小飞又问。

"如果我猜得没错的话，整座岛就是一个巨型计算机。"周东生接着话题说。

"不会吧？"我不敢相信这种说法。

"有道理，天才的想法。"孙局长却频频点头，"有证据吗？"

"没有证据，只是我的猜测。之前在游艇上解说员说填海造陆的部分和这座大楼是一体的，能够抵抗 12 级地震和海啸，一个度假海岛为什么要建造得这么坚固？以及，假设这座岛就是一个巨型计算机，最大的问题会是什么？"

"是什么？"张小飞问。

"散热。"周东生回答。

关助理从卫生间出来，站在一边静静地听着。

"所谓的环保水循环系统就是计算机的散热系统？"孙局长插了一句。

"没错。还有，这一点也可能是我想得太多了，岛上的两栋大厦，你们看到的是数字 10，我看到的却是 1 和 0，也就是二进制，是计算机的数制。这一点也可能是陈榆留下的暗示。"

"这栋大楼的镂空部分也是 1 和 0，也是暗示吗？"我问。

"我也说不准，也许只是 Double Ten 集团的标识，并没有特殊的含义，所以只是说可能，都是我的猜测。"

"我还有一个问题。"孙局长沉吟片刻，"是三个问题。第一个问题，利用海水散热直接将热水排放到海里不就好了吗，为什么要建喷泉？第二个问题，辐射，如果整座岛是一个巨大的计算机，想必辐射会很大，怎么解决呢？第三个问题，能源，驱动这个巨型计算机的电力从哪里来？"

"建喷泉是为了环保。如果直接将热水排放到海里，肯定会带来海洋环境的变化，影响附近的海洋生态。陈榆是一个环保主义者。我所说的巨型计算机，有两种可能，一种是一台巨大的计算机，另一种可能是一个巨大的计算机组，由无数台计算机组成。

1

我几乎可以肯定是后一种，因为成本相对小，而且计算机组最大的好处是个别计算机的损坏并不会影响整个机组的运行。无论是哪一种，辐射都不是大问题，应该和上海几个写字楼的辐射量差不多。电力嘛，应该是太阳能加核电。"

"我相信你的说法，这个岛肯定是一个巨型计算机，有没有可能这里就是它的老巢呢？"张小飞问。

周东生摇头。

"正好相反。它可以在任何地方，也可以同时存在于很多不同地方。这里却是它唯一到不了的地方，这样才能构成对它的制约。"

"我们需要做的是启动这个海岛计算机？"张小飞继续问。

"不完全是。计算机可能一直在运转，简单点说，我们要做的是启动一个程序，这个程序只有这个海岛计算机才能运行。"

"这些技术细节留着以后再讨论吧。我们现在的首要任务是找到启动装置。"孙局长站到我们面前，摸了摸自己光溜溜的头顶，"陈榆肯定在岛上留下了线索。小尤法官，你来负责寻找线索，周顾问协助，张警官负责保护你们。我和关助理负责验证周顾问的猜测。吃完午饭就开始行动。关助理，把对讲机发给大家，随时保持联系。"

等到他们离开，房间里只剩下我和周东生两个人，我问他："你仍旧认为是我丈夫创造了外面的那个超级人工智能？"

"说实话，我不知道，但我真心希望是他创造的。"他的神情十分忧伤，"那样的话，我们也许还有胜算。"

1

一个可以改变世界的人

西门好奇就像是小孩子，不仅对什么都充满好奇，还是一个急性子，一个劲儿地催促陈榆给周东生留下的那个手机号码打电话。

"他说晚上9点打，我们偏要现在就打。"

陈榆自己也好奇，照着号码打过去。响了几声之后，那边接起来，是一个男人。

"你好。"男人说，声音压得很低，好像并不方便接电话。

"你好，请问，您认识周东生吗？"陈榆客气地问。

"不认识，你打错了。"那边挂了电话。

西门好奇还想再打一次，并建议试试宫敏敏。

陈榆拒绝了，他又改了主意。从周东生的态度判断，电话那边肯定会说宫敏敏的坏话。既然是坏话，听不听其实是无所谓的，如果想听，还是晚一点好。睡觉前，听一听，醒来也就可以忘掉了。

晚饭后，尤齐美又来了，声称是提前上岗，但不干活，只是坐在陈榆对面，东拉西扯地和他聊天。得知周东生留下一个电话号码，与宫敏敏有关，她一下子就坐不住了，蹦着跳着，要求陈榆马上给那个男人打电话。

陈榆无奈，再次拨通了那个号码，同时打开免提。

"喂，你好。"这次接电话的是女人。

"你好，请问，您认识周东生吗？"因为换了人，陈榆想再

0

试试周东生的名字。

"谁？"女人很不耐烦。

"周东生，您认识吗？"

"不认识。"电话挂断。

"真没礼貌，再打。"尤齐美直接按下拨出键。

"试试宫敏敏。"西门好奇在一旁提醒。

"你有病吧？我都说了不认识了。"还是那个女人。

"宫敏敏呢？"陈榆抢着说，"你认识宫敏敏吗？"

女人沉默了一秒钟，挂了电话。

"她好像认识敏敏姐。"尤齐美再次按下拨出键，"如果还是女的，我来说。"

可是这一次人家没接，直接挂断。再打，又挂。等了五分钟，换用尤齐美的手机，响了好久，对方接通，但不说话。

尤齐美退缩了，把手机推到陈榆面前。

"你好，请问你认识宫敏敏吗？"

"你想知道的我都告诉你了，你还想怎么样？你到底要怎么样？"这次是男人，声音低沉，充满怒气。

"你别生气。"他试着解释，"不好意思，打扰你了。但今天我第一次打这个电话，你认识宫敏敏吧？我想和你聊聊。"

"可我不想，我不管你是怎么知道这个号码的，也不管你是不是第一次打，我不想聊什么宫敏敏，你以后再也别打这个电话了。"

陈榆以为他会挂电话，可是他没有。

"你别激动，我想你误会了……"他想继续解释，却被对方粗暴地打断了。

"我没误会。就算你不是那个变态，肯定也是那个变态的同伙，你告诉我，你们到底想怎么样？"

0

"我只是想和你聊聊宫敏敏。"

"去你妈的。"男人挂了电话。

"现在怎么办？"陈榆问尤齐美，也是在问西门好奇。

西门好奇等着尤齐美先说。

"首先，可以肯定一点，这个男人认识敏敏姐。"尤齐美站起来，抱着胳膊，来回踱步，"其次，因为号码来自周东生，据我推测，他口中的变态指的就是周东生。结论，我们一定要找到这个男人，和他当面谈一谈，说不定会有意想不到的收获。"

"怎么找呢？"陈榆问。

"那我就不知道了。你才是私人侦探好不好？"尤齐美又坐回沙发上。

尤齐美走后，真正的侦探西门好奇告诉陈榆，她已经想好了找到那个男人的办法。

第二天，10点半，尤齐美如约来上班。陈榆安排她做的第一件事儿就是给那个男人打电话，她要讲的内容早已写在字条上。

用的电话是前台的座机，很快接通，是那个男人。

"喂，你好。"

"您好，我是爱美快递公司上海分配中心客服部的工作人员，工号是 73955245。"尤齐美拿着腔调照着字条念道。

"爱美快递？没听说过。"男人很谨慎。

"我们是一家新成立的快递公司。"

"你说吧，什么事？"

"首先我们要向您表示歉意，您有一份快递，由于运输过程中包装磨损严重，收件人姓名和地址都看不清了，为了让您尽快拿到

0

快递，才给您打电话，如果给您造成不便，还请您谅解。"

"什么快递？我最近没买东西。"

"看包装，应该是衣物，寄件地址是杭州市下沙区人民街69号，寄件人是陈榆，淘宝ID是炫衣风采。会不会是您太太买的东西？要不您给她打电话确认一下？"

男人叹了口气。

"不用了。要我的地址是吧？"

"还有姓名。"

男人说了一个市区的地址，尤齐美记下来。

"还有您的名字？"

"雷先生就行了。"

"雷先生，打扰您了，真不好意思，您的快递大概在中午便能送到，感谢您对我们工作的支持，祝您工作愉快。再见。"

放下电话，尤齐美向陈榆投来崇拜的目光。

"你简直神了，和他说的话全都对上了，你怎么做到的？"

陈榆笑而不答。

尤齐美也想跟着一起去见这位雷先生。

"你不能去。毕竟我们有骚扰甚至诈骗的嫌疑，如果他报警，我被抓了，还指望你去保释我呢。"陈榆劝她。

她想了想，觉得有道理，这才作罢。

陈榆和西门好奇坐出租车找到这位雷先生的公司，告诉前台小姐，找雷先生。前台小姐打了一个电话。一会儿，一个男人从挂着销售部门牌的玻璃门里走出来。他穿着黑西裤、白衬衫，脖子上挂着公司的挂牌，上面印着：销售主管，雷克雅。脸挺大，圆鼻头，眼睛小，戴着无边眼镜，短头发，前面和中间已经微秃。

站在玻璃门前，一副随时准备回去工作的一样。

"雷先生，你好。"陈榆和他打招呼。

"你好，你是？"他一脸困惑。

"我叫陈榆，爱美快递的，我们昨晚也通过电话。"

他懊恼地摇摇头，接着马上警觉起来，上下打量陈榆。

"你想干吗？"

"你别紧张，我只是想和你聊聊。"

"聊什么？"他微微后撤了一步，做出防御姿态。

"我是宫敏敏的朋友，我猜你也是她的朋友，所以我想像朋友一样和你聊聊天。"陈榆很放松，脸上一直保持着笑容，"可以吗？"

他瞄了一眼前台，前台并没有注意这边。他又把陈榆打量一番。

"我工作很忙，没有时间。"

"中午休息的时候怎么样？我们找个地方一起吃顿饭，我请客。"

"你怎么会知道我的电话？"也许是因为陈榆说要请客，他稍稍放松了警惕。

"我们可以吃饭的时候聊。"

"那好吧，你等我二十分钟。"

他并没有报警。不到二十分钟，人就出来了。

"你怎么会知道我的电话？"进了电梯，他又问。

"这人真没意思"，西门好奇对他翻了个白眼。

"一个朋友告诉我的。"陈榆回答。

"你的朋友是谁？"

"我们吃什么？"

"那边有个日式面馆，我中午都在那吃，你的朋友叫什么？"

0

"你是做销售的吧？"

他诧异地看了陈榆一眼。

"有什么问题吗？"

"放松点，我没有恶意，做销售的时候总不能一味地索取，是不是？"

他瞪了陈榆一眼，不再说话。

他们坐到那家日式面馆的一个小隔间里，他要了一碗乌冬面，陈榆点了一碗特色拉面。

"你认识宫敏敏？"陈榆先发问。

"认识，有一段时间我们关系很好。"面还没上来，他已经把筷子拿在手里，做出随时准备吃饭的架势。

"你们的关系，有多好？"

"很暧昧。"

"暧昧？"陈榆想笑，他实在难以想象宫敏敏会和眼前这个即将秃顶的中年男人有过暧昧。

"对，很暧昧，我向她表白过，她没接受，但也没拒绝。有一次我还向一个朋友介绍说她是我女朋友，她也没反对。"他骄傲，又有点挑衅地看着陈榆。

陈榆觉得可笑，他很肯定，所谓的暧昧只是对面这个可怜男人的错觉。但也不全怪他，宫敏敏就是那样的人，不喜欢当面拒绝人，不喜欢让人难堪。她太理想化了，对每个人都释放善意，当人们犯错时，她总是希望人们能够通过自己的反思认识到自己的错误，而不是因为撞了南墙才纠正方向。

"你们是怎么认识的？"

"在酒吧认识的。你和她是什么关系？"他问话的语气很轻佻。

0

126

"她很少去酒吧。"

"那我就不知道了。"

面来了，他开始吃面，发出吧唧吧唧的声响。只冲这一点，陈榆便对他厌烦透顶，对于他和宫敏敏的关系也彻底失去了兴趣，但还有一件事，他想弄明白。

"现在我可以回答你的那个问题了，告诉我你的号码的，是她的男朋友。"

"他就是变态。"一提起周东生，他变得很激动，啪一声把筷子摔到桌子上，溅了陈榆一身面汤。

"你知道吗？他骚扰我快一年了。"

"给你打电话？"

"对，每周二9点到10点之间，问我各种奇怪的问题，我换了几次手机号，都没有用，他总是能知道新的，我做海外销售，必须24小时开机，尤其是晚上。"他咽了口吐沫，擦了擦嘴，"我现在终于知道他为什么骚扰我了。妈的。"

"他给你打电话都说些什么？"

"什么都说。小到家长里短，大到国家大事。还给我介绍股票，一次他告诉我一只股要涨，建议我买，我当然没听他的，他是神经病啊，可是那只股真的涨了，一周涨停三次，然后他就打来电话问我买没买，我说我没买，他就嘲笑我。后来，他又说一只股要涨，我信了，结果现在还被套着呢。他到底是干什么的？"

"他不问宫敏敏的事儿？"

"不问，从来没说过。就算他是宫敏敏的男朋友，可我还是不明白，为什么要骚扰我呀？他到底要干什么呢？"

"我不知道。"陈榆突然觉得他也很可怜。

"我能求你件事吗？"他的态度软下来，"劝劝他别再给我

0

打电话了，我被他搞得精神都不好了。我和宫敏敏真的没什么。"

"你为什么不报警呢？"

"谁说我没报警？没有用，警察也追查不到他的号码。"

"我会劝他的，但不一定有用。"

他叹了口气。

"看得出来，你是好人，我跟你说实话吧。说我和宫敏敏暧昧，只是我自己骗自己。宫敏敏怎么会看上我这种人呢。现在回想起来，和她在一起的感觉，更像是她在研究我。"

"研究你？"这个词让陈榆觉得既新鲜又诧异。

"没错，研究，观察，或者这么说吧，我就像是一只蚂蚁，她偶然路过，蹲下来多看了我两眼，就是这样。"

"相信我，她不是那种居高临下的人。"

"但愿吧。还有，你说你叫陈榆，是吧？"

"怎么了？"

"她提起过你。"

"是吗？怎么说？"陈榆十分惊喜。

"怎么说起来的，我忘了，反正，她说，在她看来，你是一个可以改变世界的人。"说完，他又忍不住朝着陈榆多看了两眼。

虽然陈榆并不是百分之百相信雷克雅的话，但他心里还是很受用，同时，也有点难过。改变世界太难了，他应该很容易让宫敏敏失望吧。

0

遭遇战

出于安全考虑，午饭吃的是关助理带来的饼干和罐头。他还带了啤酒，但谁也没喝。孙局长一再强调，禁止吃岛上的食物。

稍加休息之后，孙局长和关助理去"玩"潜水。剩下我们三个租了一辆电瓶游览车，由张小飞来驾驶，像所有的观光客一样，开始环岛之旅。从新岛的金沙滩浴场开始，经过落日坝、灯塔、游艇码头，在潜水湾停了一会儿，和孙局长与关助理打了声招呼。然后继续向前，进入"老"水母岛。景点有螃蟹窝，其实是碎石滩，退潮的时候可以去抓螃蟹。接着是老码头，当初我和我丈夫来的时候就是从这里登岛。现在那些破旧的渔船都不见了，代替它们的是为出海钓鱼的游客准备的新型快艇。再往前是水母乡，近距离观看水母的绝佳地点。上一次来我们每天傍晚都到这里散步，看着小水母在水里自由自在地飘荡，心情也变得异常轻松。在我的印象中，马大哥的家就正对着水母乡。我向那个方向望去，惊奇地发现那所石头砌成的三间白房子居然还在，前面低矮的石头院墙也在，墙角的葡萄架和葡萄藤也还在，郁郁葱葱的，仿佛油画的一角。葡萄架的旁边架着一块招牌，上面写着：水母酒吧。

"那是我们上次来住过的房子。"我指给他们，"我们去看看吧。"

房子的外观几乎没有变化，但里面已经改得面目全非，完全

1

是一个都市酒吧的模样。虽然我早有心理准备，但还是不免失落。酒吧里只有五位客人，其中一位便是在游艇上认识的"水母博士"，还有两个外国人，一黑一白。

"这么巧。""水母博士"和我打招呼。

"是啊，好巧啊。你也对老房子感兴趣？"

"嗯，来之前特意看了攻略，说这里是全岛唯一保留的老建筑，而且啤酒特棒，你们也应该尝尝。"他端起面前的啤酒喝了一口。

"那我们也试试吧？"我问周东生和张小飞。

两人心领神会，点头同意。既然这里是全岛唯一保留的老建筑，我们又曾经在这住过，那么不出意外的话，线索一定也在这里。

我们点了三杯啤酒，坐到靠近窗口的角落，一边佯装喝酒聊天，一边细心观察。墙上有飞镖，梵·高《向日葵》的仿制品以及几张老电影的海报。吧台的另一边有一张台球桌，再里面原来卧室的房间有一个小舞台，上面摆着麦克风和架子鼓，后面是幕布。我们去玩了一会儿桌球和架子鼓，又分别去了厕所，并没有发现，于是又回到窗边的座位。我从窗口望出去，看见一艘出海钓鱼的快艇甩着白色的浪花穿梭而过。目光从海上收回，落在低矮的石头院墙上，不由得想起了我和他的那张照片。也许线索还是在照片上，只不过太隐蔽而被忽略了？

我刚想说话，却被张小飞抢了先。

"你们的那张照片是在这里拍的吧？"他瞄了一眼外面的石墙。

"你和我想到一块了。"

我从包里拿出照片，放在桌子中间。三个人围着它前面和背面反复看了几遍，没有发现任何异常。

"我有个办法。"张小飞拿着照片站起来，"出去再说。"

1

我和周东生跟着他走出酒吧。

"我们从新拍一张，对比一下，看看会不会有所发现。"他拿着照片，比画着方位。

我和周东生也认为是个办法，便听从他的指挥坐到石墙上，摆出照片上的姿势。

"我要亲你的脸吗？"周东生笑着问我。

"亲吧。就算他知道了也不会介意。"

调整了不下十几次，张小飞终于满意了。

"好，可以拍了。"

拍完，我们站到阴凉处，对比两张照片。看了一分钟，我也没能找出除了人之外的任何不同。

"有什么发现吗？"我问。

周东生摇头。

张小飞一手拿着照片，一手拿着手机，皱着眉头，又盯着看了几秒钟。

"你们注意看他的手，搂着你的腰，有什么不一样吗？"

"好像我搂得更紧一点。"周东生看我。

"好像是。那又能说明什么呢？"我问张小飞。

"你们看这。"张小飞指着照片上我丈夫的手说，"他的手之所以看上去搂得不紧，是因为食指翘起来了，只翘起来一点点，很隐秘，但确实翘起来，你们仔细看。"

"没错，是翘起来了。他是在指方向？"我紧张得手心都出汗了。

"很可能。"周东生也认可我的说法。

"线索来了。你俩快坐过去，看看他指的是哪。"张小飞兴奋得像小孩子，把我和周东生推到墙边，坐下，调整好姿势，他

1

站到我的肩膀旁，弯下腰眯着眼睛循着周东生微微翘起的食指向远处望去。

"是灯塔。他指的是灯塔。"

灯塔是梯形圆柱体，外表红白相间，各有三道。门口右边挂着一块铜牌，上面刻有灯塔的简介。水母灯塔，高 25 米，由花岗岩砌成，所用石材全部取自水母岛。设计师：Homer。

"这个名字怎么这么熟悉呢？"张小飞问。

"神秘总裁。"周东生提醒他。

"哦，对，没想到他还是一位建筑设计师。"

说话间，我们走进了灯塔内部，看见楼梯，顿时都傻眼了。楼梯是旋转式的，直通瞭望台，每一级台阶大概有一米高，是真正需要爬的楼梯。

"这是给巨人设计的吧？"张小飞一边爬一边抱怨，"这个总裁的设计水平实在是太差了。"

登上瞭望台，我的衣服都被汗湿透了，眼前直发黑。他俩也累得满头大汗。

歇了一会儿，我们各自漫步绕着瞭望台走了两圈，没有任何可疑之处。

"启动装置并不在这，看来这里只是一个中转站。"周东生不无遗憾地说。

"可是中转的线索又在哪呢？"张小飞仍然不死心，东看西找。

我扶着护栏，面向海岛站着，整个水母岛尽收眼底。启动装置肯定是在岛上的某处，如果这个灯塔是线索，那么线索会指向哪里呢？灯塔本来就是用来指引方向的，灯……塔……

"灯塔的灯是不是要到晚上才会亮？"我问他俩。

1

“也就是说，线索可能也要等到晚上才会出现。”周东生马上明白了我的言外之意。

“为什么不现在就把灯打开呢？”张小飞问。

“白天太亮了，可能会看不清。”我望着岛上，想象着灯光被阳光冲淡。

“对，看不清是一个问题。还有，这上面的灯应该是自动感应的，如果想现在打开……”

“我明白了。”张小飞不耐烦地打断周东生，“我们走吧。”

下去比上来还要难，我要先坐到台阶上，然后双手撑着身体一点一点地向前蹭，直到脚尖落地，才算下了一级台阶。下到一半，就在我们休息的时候，突然对讲机响了，关助理急迫地喊道：喂喂喂。张小飞赶紧回话，问怎么回事儿。等了好一会儿，关助理比刚才更急迫地喊道：请求支援，请求支援，水下有情况，孙局长出事儿了，速来支援，速来支援。我们几乎是连滚带爬地下到地面，冲到车上，一边回话一边往潜水湾赶，但关助理那边却再也没有回音了。

电瓶车刚开出几百米，突然，从潜水湾的方向传来啪的一声，声音在岛上回荡了三四下，消失在炎热的空气里。

“什么声音？”我想到了最坏的可能，但不敢相信。

“枪。”张小飞的回答又冷又硬。

我的心好像要跳出来了。嗓子干得要命，忍不住地咽吐沫。

“别怕。”周东生搂住我的肩膀。他的手也在微微发抖。

水母酒吧里的人应该也是听到了声响，跑出来，站到路边东张西望。我们经过的时候，“水母博士”问了一句什么，我没听

1

清。随后发现他和另外四个人在后面跟了过来，那个黑人穿着白T恤跑在最前面，分外醒目。

转过老码头，便看见了潜水湾。平台上空荡荡的，他们的设备背包还在，却不见人影。如果是孙局长下水，关助理应该在岸上守护才对，他人呢？

到了潜水湾，下了车，张小飞马上掏出枪，机警地四处查看。

"你们去看看海里什么情况。"

我和周东生拿出电击器，直奔海边。海水很清澈，近处没人。我看向更远的地方，水色变暗，变红，仿佛有一条红丝巾飘荡在那里，红丝巾越来越大，是血，正在晕染开来。

"快看。"我紧紧抓住周东生的胳膊。

"看见了。"

"一共有三套水下设备，现在只剩下一套，关助理肯定也下水了。"张小飞汇报他的发现。

"水里有血。"我们跑到他身边，指给他看。他只是匆匆扫了一眼。

"你下水去帮忙。"

"好。"

他和周东生对了一下目光便达成了共识。

就在我们帮周东生穿潜水衣的时候，水母酒吧的人赶到了。

"站住，警察办案，都回去吧。"张小飞一手掏出警官证，一手举起枪。

五个人退了几步，没有要走的意思，伸长了脖子向我们这边张望。

"出什么事儿了？需要帮忙吗？""水母博士"问。

1

"不需要。"张小飞警惕地打量他们。

等周东生装备完毕，张小飞从地上的设备包里拿出一把匕首递给他。

"不用杀人，割他们的输气管就行。很锋利，小心别割到自己。"

"明白。"

我送周东生下水。

"小心点。"

他浮在水面，向我竖起大拇指，接着一翻身，潜入水中。

"你看着海里，我守着这边。"张小飞站在我身后不远处，嘱咐我。

"好。"我喊了一嗓子。

我想提振一下自己的士气，可效果并不明显，心跳依旧很快，身子还在发抖，脑袋里千头万绪，混乱不堪。孙局长在水下到底遭遇了什么？鲨鱼，还是人？从我们此行的目的来看，肯定是人，肯定是外面的那个超级人工智能派来的，也就是说，它已经知道了我们的行动，想要阻止我们。没有控制我们的飞机，说明它还没有那么大的能力。这座岛果然就是制约它的所在。如此一来，它一定会派很多人吧，而我们只有五个人。他们三个在水下也不知道怎么样了。它的人也不会全部在水下，也一定有人在岸上。张小飞经验丰富，一定早就意识到了。我回头看了看，那五个人还没走。我恍然大悟，这几个人有问题。

"我们发现了恐怖分子。我劝你们还是赶快离开这里。"张小飞对着那五个人喊话。

"什么恐怖分子？""水母博士"又问。

"别问那么多了，听我的，你带着他们赶紧离开。"我隐约感觉"水母博士"对我有好感，因此猜测他可能不是它的人，便想利用他试试其他几个人的态度。

"水母博士"果然听我的话，开始劝说大家一起离开。

突然，海面上五六米远的地方，一个人冒了上来，穿着潜水衣，背着气筒，一边踩水，一边大口喘气。

我吓了一跳，下意识地高声喊道：不许动。

水里的人也吓了一跳，摘掉眼罩，诧异地看向我。我看清了他的脸，是个陌生人。他并没有听我的命令，向岸边游来。身边不断有气泡冒出。我顿时明白了，一定是周东生割断了他的导气管，他才被迫浮上来。他是它的人。

"我再说一遍，不许动。"我知道对于一个水里的人这么喊很荒谬，但我不知道还能喊什么。

陌生人已经游到岸边，抓住扶梯，准备上岸。

我有些手足无措，张小飞及时退到我身边，悄声告诉我，等他上岸了就把他电倒。"手别抖，想想你丈夫。"他又补了一句。

一提到我丈夫，我心里腾起一股热血，虽然手还有点抖，但慌张害怕的感觉立马消失了。

我悄悄走向扶梯。陌生人爬了上来，我握紧电击器，刚要冲过去电他，枪响了。"砰！"吓得我慌忙用一只手捂住耳朵。接着又是两声。"砰！砰！"哀号声从我身后传来。我扭回头，看到有三个人倒在地上，痛苦地挣扎着，那个黑人已经冲到了张小飞的近前，一只手抓住了他握枪的手，掰向一边，另一只手掐住他的脖子，推着他冲向海边。任凭张小飞踢他打他，他就是不松手，像一头皮糙肉厚的狗熊，拼了命地要将张小飞推到海里。

我想去救他，可刚一转身，就被人从后面拽住脚脖子，我才想起来水里还有一个人，拿着电击器反手一挥，正打在那个人的太阳穴上，他一声不吭地倒了下去。再想去救张小飞，已经晚了，眼睁睁看着他拉着黑人一起掉进了海里。那一瞬间，我感到绝望，但马上又鼓起勇气，我必须下海救他，也只有我能救他。不过，在那之前，我必须解决另一个问题，就是我身后的那个人，他被自己的影子出卖了。除去中枪的三个人，被我电倒的和海里的黑人，剩下的只有"水母博士"。没想到他也是它的人，我略感失望，又心存侥幸，因为他并不高大，也不壮硕，使用电击器，我有信心制服他。我向前迈了一步，作势要走，然后挥舞着电击器猛地向后转身，想打他个措手不及。可实际上，他比我想象中有力气，也更灵活，一闪身便躲开了我的攻击，同时擒住我的胳膊，扭到背后，使我无法转身，然后另一只手用一张棉布捂住了我的脸。我闻到一股刺鼻的气味，很呛，又有点甜。我挣扎着用左手去够右手中的电击器，怎么也够不到。电击器变得越来越重，眼前的世界在泪水中渐渐融化，色彩慢慢流失，一切由灰变黑。电击器从我的手中滑落，在绝望和痛苦中，我彻底失去了知觉。

醒来的时候我发现自己穿着衣服躺在一张松软的床上。头有点晕，但不严重，身上没有痛感，并没有被绑着，旁边也无人看守。

已经被救了吗？我心情激动，从床上坐起来，刚想喊人，又闭上嘴。转念间，那些人不顾张小飞开枪也要将他推进海里的画面从我的脑袋里闪过，我的心又迅速冷却紧缩成一团。从陆地上的情况来看，无论是人数，还是战斗力，我们都落在下风。在水里想必也差不多。再加上张小飞的恐海症这一致命弱点，我们基本没有胜算可言。综合考虑，眼下最理想的情况是张小飞被救起，只有我一人被抓。也就是说，我，肯定是在"水母博士"的控制之下。他之所以会如此善待我，一定是另有所图。

1

最好趁他们发现我醒来之前逃出去，该怎么办？

我站起来，四下观察，搜寻可以利用的东西。

床头柜上摆放着印有水母岛大酒店字样的便笺，说明我还在岛上，这让我稍感心安，至少距离同伴不会很远。便笺旁边有电话。打给前台求救？不行，万一前台是坏人的同伙怎么办？谁知道这个岛上到底潜伏了多少它的人。而且，电话的位置这么明显，他们会注意不到吗？很有可能安装了监听器，是个陷阱。窗户，没错，从窗口逃出去是一个办法。我轻手轻脚地走到窗前，撩开薄纱窗帘，拉开窗户，向下看了看，一辆送客人的电瓶车正从远处驶来，像一个儿童玩具。又向上看了看，只能看到湛蓝的天空，无辜地回望着我。房间是在顶层。我关上窗户，放弃了从窗口逃跑的想法，又马上想到了另一种可能。他们住顶楼肯定是认为最危险的地方也最安全，又方便监视我们，所以距离我们的房间不会太远。如果我能从这个房间冲出去，应该很容易就能跑回自己的房间，只要我的同伴在房间里，我就得救了。可问题是他们是否回来了？以及，外面的厅里有几个人，我是否能冲出去？或者，还有一种选择，我干脆躺回床上，等着他们来找我问话，先了解一下他们都知道些什么，想要得到什么，再做打算。

就在我犹豫不决的当口，门外有人说话，我隐约听见几个字，什么醒没醒。有人要进来了。我看了看床，又看了看茶几上插着香水百合的花瓶，最后一咬牙，决定赌一把，踮着脚尖，走过去，拿起花瓶，将花和水一股脑地倒到床上，闪身躲到门后。门开了，有人走进来，我屏住呼吸举起花瓶耐心地等待。来人走向床边，走进我的视野，是个男人，胳膊上绑着绷带，背影挺熟悉，但情势并不容许我多想，我冲上去，用尽全身的力气将花瓶向他头上

1

猛砸。男人听到了动静，反应很快，抬手护住了脑袋。花瓶撞到他的骨头，咣当一声，震得我双手发麻。他疼得直叫唤，前冲了几步，露出一个空当，我拎着花瓶，冲出门外。门外的人愣住了，我也愣住了。

在客厅尽头的阳台上，坐着三个男人，正对着我的是一个秃顶老头，赤裸着上身，肚子上裹着绷带，悠闲地拿着听装啤酒。另外两个人侧对着我，一个大个子，神情木讷；一个戴着墨镜，看不见表情。

他们看着我，不约而同地笑了。我也笑了，又感觉鼻子酸酸的。

"对不起，你没事吧？"我赶紧放下花瓶，向身后的张小飞道歉。

"今天已经习惯了。"他的脸上依旧是一副不耐烦的表情。

我们一起在阳台上坐下，周东生递给我一听啤酒，我喝了一大口。

"现在就开始喝酒是什么情况？危机已经解除了，还是自暴自弃？"

"算是解除了吧。"孙局长回答。

"谁给我讲讲，后来都发生了什么？"

其他三人一致看向张小飞。

"其实很简单。"他眯着眼睛，仿佛随时会睡着，"我并没有恐海症。"

"你们早就知道了？"我有种被欺骗的感觉。

孙局长摇摇头。

"他谁也没告诉。"

"我也是上船之前才想到，可能卖个破绽会比较好。骗过你们才能更好地骗过别人，我当时是这么想的，所以就谁也没告诉。"张小飞解释说。

"这还差不多。"我心理平衡了，"后来呢？"

"后来，你也知道，他们就真的上当了。其实我水性很好，轻轻松松就解决了那个黑人。如果是在地上，可能还打不过他。再之后，我就赶紧上岸，抓住那个博士，把你抢了回来，然后又下水去找他们。"

"在水里还救了我，胳膊受了伤。"关助理插了一句。

"不算什么。"张小飞无所谓地摆摆手。

"那些人呢？"

"一共 13 个，审问完就交给警方送回陆地了。死了两个。"孙局长叹了口气。

"问到什么了吗？"

"他们什么都不知道。"周东生说，"每个人的遭遇都是一样的。先是银行短信提醒，账户进账 100 万，他们不信，打给银行查验，进账是真的。接着又收到陌生短信，说他们被国家选中了，要他们去秘密执行一项特殊任务。100 万是定金，最后的总报酬是 1000 万。任务有危险，自愿参加。如果同意，就回复加入，国家会再给账户打进 400 万，这时不允许再退出，否则国家会收回 500 万，并追究法律责任。如果不同意，则不用回复，国家会自动收回 100 万定金。任务完成，支付剩余的 500 万。任务失败，补偿 100 万。这 13 个人回复了加入，然后按照短信的指示来到了这里。我试着追查了短信和资金来源，全部来自不同的地区和国家，就连同一个人收到的短信来源也不同。能做到这一点的只有那个超级人工智能。"

"还有，这 13 个人都是专业人士，有潜水教练，拳击手，空手道黑带，反正都是狠角色。"孙局长做补充。

"他们还有没同伙藏在岛上？"

"他们也不知道，就这 13 个人也不是互相都认识，但我认为肯定还有，但不会很多。"张小飞抿着嘴笑了。

"为什么？"我继续问。

"我是这么想的，它肯定筛选了一遍，然后才给用得上的人发短信，但接到短信的人大多数都认为它是诈骗，根本就没理它。也就是说，网络诈骗犯帮了我们大忙了。"

"它派这些人来是想杀死我们？"

"不包括你。"张小飞答。

"为什么不包括我？"

"13 个人分成了四组，其中三组负责对付我们仨，格杀勿论。那个博士自己一组，负责对付你，目的是把你抓走。"

"还有那把粉色的钥匙，也是博士的目标。"关助理插了一句。

"把我抓到哪去？"

"第一步是带离这里，之后就不知道了。"

"为什么是我？我知道的并不比你们多。"

张小飞摇头。

"也许你不知道自己知道的比我们知道的多。"

孙局长说完，大家都笑了。

"你这绕口令不错。"我喝了口啤酒，来掩盖自己的不安。

如果说真有什么是我知道而他们不知道的，就是我在使用盲神二代这件事儿。可是，怎么想，这件事儿也不足以构成它想抓我走的理由。或者，真如孙局长所说，是因为我知道一些事情但没有意识到自己知道？那样的话，则可以证明另外一件事儿，它还没有入侵盲神二代的能力，不然就可以直接读取我的大脑，不

1

用再抓我了。还有一种可能，它想用这种方式来制造我与队友之间的隔阂，但制造隔阂绝对不是它的最终目的。它想抓我的最终目的是什么呢？

孙局长在悄悄地观察我，我故作轻松地呷了一口啤酒，又问："接下来，我们有什么计划？"

"哦，对了，差点给忘了。"孙局长从一旁的包里拿出平板电脑，摆到我面前，"看看我们在水下的收获。"

他点开了屏幕上的视频。开始就是普通的海底风光。很快，新岛的水下部分出现在画面里，远处看就像是一个超级大蜂巢。到了近处才看清楚，岛体上均匀地分布着手臂粗细的洞穴。

"能感觉到那些洞里面有水吸入和流出。"孙局长为我讲解。

视频里，孙局长拿出一条蚯蚓一样的东西，放入了洞穴。

"那是什么？"我问。

孙局长暂停视频，从包里拿出一条一模一样的"蚯蚓"，放到了桌子上。

"这是一款多功能机器人，我们称之为完美蚯蚓。"说着，他在手表上操作了几下，桌面上的完美蚯蚓开始蠕动。一眨眼的工夫，它身体的一半穿过了桌面，又过了三秒钟，完全穿了过去，掉到了地上。桌面竟然完好无损。

"一般的材料，都可以完美地穿过去，不会留下任何痕迹。"他捡起完美蚯蚓，随意地扭成几段，"是模块式的。视频中那条我们使用了拍照模块。"

他在电脑屏幕上打开一张照片。画面很暗，画质比较模糊，就像是家里的猫不小心踩到了手机拍下了卧室的一角。但仔细分辨，可以看出被拍摄的空间很宽阔，里面整齐地排列着铁架子，架子上摆满了黑乎乎的箱子。

"这张照片基本证明了周顾问之前的猜想，这座岛就是一台巨型计算机组。"孙局长做出总结。

"要怎么启动它呢？"我问。

"还不知道。"周东生说。

孙局长望向窗外。

"根据你们找到的线索，灯塔应该会为我们指引方向。所以，我们现在的计划就是，等待。"

等待，孙局长说出这个词的时候，我想起我丈夫曾经讲过一个关于等待的理论。

大约是在两年前，冬天，晚上，我们坐在家里的餐桌旁面对面吃饭，他突然很郑重地对我说：老婆，我最近有一个特别有趣的发现，你想不想知道？我其实没那么好奇，他的发现多数与人工智能有关，我又不懂，只会觉得无聊，但又不愿意扫他的兴，便装出十分感兴趣的样子，问：什么发现？他问我：你知道食草动物和食肉动物的最大区别是什么吗？我反问：难道不是一种吃草一种吃肉吗？他说：不是，是更深层次的区别。我想了想，老实回答：不知道。他笑了，说：两种动物最大的区别是，食草动物不懂得等待，找到一片草地，上去就吃。而食肉动物呢，很善于等待，发现了猎物，它们会慢慢地靠近，耐心地等待机会，绝不会贸然出击。直觉告诉我，他说这些一定另有所图，我装作被吸引，继续问：然后呢？他很得意，笑得更欢了，加快了语速：为什么说等待才是两种动物间的最大区别呢？因为等待，也就意味着有时间思考。虽然不能说等待等同于思考，但在思考产生之前肯定有过一段很漫长的等待。我个人认为，在某种程度上，懂

1

不懂得等待，可以算是智慧进化阶段的一个重要节点。我又问：然后呢？他收了收笑容，说：我觉得我俩作为最有智慧的人之一，应该最懂得等待的意义。我又问：然后呢？他又变回最开始时郑重其事的样子，说：去加拿大度假的事儿，要不再等一等？他的狐狸尾巴终于露了出来。我笑了，回答他：要不，我以后改吃素吧，怎么样？他不再说话，只是看着我傻笑。

说起来也奇怪，所有的这些，他说的每一句话，说话时每一个细微表情的变化，我都记得清清楚楚，仿佛整段对话就发生在昨晚。而之后的记忆就比较模糊，加拿大当然是去了，毕竟是结婚纪念日。在模特利尔附近的一家滑雪场我学会了滑雪，代价是摔断了左手的小拇指。

现在，我坐在阳台上，喝着啤酒，抚摸着左手小拇指，回忆着这些往事，试着用他的等待理论来安抚自己，可是效果并不好，我开始想他，无休无止地想，我的心变成了一颗成熟的石榴，裂着大口子，傻里傻气，每一粒果实里都映着他的脸庞。

与我相比，四个男人更像"食肉动物"。我不再提问，他们也不再说话，又坐了一会儿，喝完手里的啤酒，便先后离开阳台，在房间里找到了更舒服的位置。孙局长坐进电视前面的沙发里，戴上墨镜，也不知道是睡着了，还是睁着眼睛。关助理则坐到门边的椅子上，面无表情，像一尊雕像。张小飞的单人沙发正对着门，背后靠窗。周东生坐在小吧台里面，朝向正与张小飞相反。每个人手里都拿着手枪，周东生也不例外，我没问，想必他已经学会了射击。

1　　　我们就这样静静地等待着，等待可能的袭击，等待太阳慢慢落山，灯塔亮起，为我们指引方向。

六点，外面还很亮，我招呼大家一起观看全岛 36 处间歇泉集体喷发，那景象颇为壮观，岛上瞬间雾气缭绕，在夕阳的照射下，无数个彩虹横跨半空，宛如仙境。如果是旅游，仅是这一处景观，便不虚此行。

之后，我们又随便吃了点自带的饼干，算是晚饭。

7 点，天色渐渐暗下来，太阳已经接近海面，金黄的海水从西边源源不断地涌来。

7 点 15 分，房间里很昏暗，关助理站得离我最近，我看他的脸已经很模糊了。外面却还挺亮，灯塔上的红白条纹还可以数得过来。海面上，太阳就像是一个蛋黄，已经有一半没入海中。

7 点 23 分，灯塔上的导航灯唰一下亮了，黄色的灯光，照向西方，太阳没入海中，完全不见了踪影。虽然只是一瞬间，却像是完成一个象征着光明永远不会沉沦的神圣仪式。我情不自禁地屏住呼吸，心中热血翻腾。

导航灯匀速缓慢地转动，从西到南，从南到东，一点点向岛上转来。在岛的边缘，仿佛停顿了一下，接着光束跳到了水母岛的上空，射向遥远的北方。

张小飞站到阳台的最西面，向 1 号楼的方向张望，然后摇了摇头。"看不见。"他是想看看光束会不会照到 1 号楼。

"等一会儿就知道了。"孙局长看上去十分坦然。

等了大约两分钟，光束像金箍棒一样从我们脚下横扫过来。我们半蹲着，隔着玻璃向下看，光束的下缘在 35 层的上沿之上。

1

也就是说，灯塔的光束正好充满 36 层。

"线索就在楼下这一层？"我并不敢肯定，"或者是 1 号楼的同一层？"

"应该就是我们下面这一层。"张小飞断言。

"为什么？"我问。

"1 号楼是办公的地方，晚上不住人，有灯光扫过去也无所谓。我们这里是酒店，如果晚上总是有强光扫过去，怎么能睡得着呢？所以，楼下这一层根本就不可能住人，一定另有他用。"

我们被他说服了，决定下楼一探究竟。

孙局长和关助理走在前面，我拿着电击器在中间，张小飞和周东生断后。我们一行人保持着队形走出房间，从楼梯下到楼下，却发现根本没有门，楼梯间里根本没有通向 36 层的门。我们又试了电梯，虽然有 36 层的按钮，也能按下去，但根本不停。于是，按照孙局长的指示，我们直接下到一楼。在大厅里，孙局长借酒店前台的座机打了一个电话。等了一会儿，一位风姿绰约的中年女人从电梯里走出来，快速走向我们。她的脸上挂着亲切的笑容，目光在我们身上跳跃，最后选中了孙局长。

"您就是孙老师吧？"她的声音低沉而温柔。

"我是。"

"我是酒店的总经理，这边请。"

我们跟着她走进前台旁边的员工通道，转入一段刷卡才能通过的走廊，到达一部电梯的门口。进了电梯，她按下 36 层的按钮。

到达 36 层，出了电梯是一段走廊的尽头。我们跟着她向右转了个直角弯，又走了五六米的距离，左手边出现了一道粉色的门，

1

比一般的房门要宽一多半，门的材质与那把粉色的钥匙相似，上面装有触摸屏的密码锁。

"这是我们集团总裁的房间，进入需要密码。密码只有他一个人知道。"她指着门向我们介绍。

"你们总裁来过吗？"孙局长按亮了密码锁的显示屏，上面是 26 位字母的键盘。

"不知道，但我猜来过。"

"我知道了，谢谢你，你可以先走了。"

"有需要再给我打电话。"她礼貌地向我们笑笑。

等她上了电梯，关助理从贴身的口袋里拿出那张照片，递给孙局长，然后端着枪，贴着墙，警惕地盯住电梯口的直角弯。

孙局长将照片背面的字母 REYKJAIK 逐个输入，却显示密码错误，24 小时之内还可以输入两次。

"我有输错吗？"他皱起眉头。

"应该没有。"张小飞歪着头，研究照片。

"要不倒着输入试试。"周东生从孙局长手里拿过照片，"从正面看，顺序是反的。"

"可是字母也是反的啊？"我提出疑义。

"先试试吧，这次你来。"孙局长让出位置。

周东生更加谨慎，从后向前，念一个字母输入一个，最后，点确认，依旧错误，还剩一次机会。

我的手心全是汗。如果这串字母不是密码，会是什么呢？密码又在哪呢？还是我们又漏掉了什么？

突然，走廊的尽头传来叮的一声。

关助理喊了一声：有人来了。

1

我下意识地扭头看向那边，只见两个人影一前一后从拐角冲出来，接着是几声枪响。我被周东生扑倒在地。"妈的，他们居然有枪。"他一边说，一边拉着我爬到关助理的一侧。孙局长和张小飞也躲了过来。

枪声停止。

我听见自己的心跳像打鼓一样。

"不好了，周顾问受伤了。"孙局长捂着周东生的右肩膀，鲜血从他的指缝里渗出。周东生表情很痛苦。

张小飞迅速地脱了T恤递过去。

"别害怕，你不会有事儿的。"我蹲在旁边，握住他的左手，不知道自己还能做点什么。

周东生用眼神向我示意，我循着他的目光寻找，看到了掉在地上的照片，爬过去，把它捡回来。

枪声又响起来，张小飞加入了战局。

照片上我肩膀的外侧V字手势的上方被子弹打了一个洞。因为这个洞的关系，我突然有种模糊的感觉，也许照片的前后两面存在着某种联系。翻来覆去看了两遍，用指甲在前面的V字手势上划出印痕，再看反面，那个模糊的V字划痕正好嵌在字母A和I的中间。

枪声停止。

"他们有多少人？"孙局长已经帮周东生绑住了伤口。

"估计三四个吧，又打倒一个。"张小飞回答。

我凑到孙局长和周东生身边，把发现展示给他们看。

"有道理，这回应该对了。"周东生擦了擦额头的汗珠。

"正序还是倒序？"孙局长问。

"正序，从R开始。"我的直觉告诉我就是这样。

1

"好，听你的，再试一次。"他拿着照片，站起来，"掩护我。"

关助理和张小飞连续开枪为他做掩护，将对方死死憋住，没有任何还击的余地。

孙局长飞快地输完密码，按下确认键，随即响起一串悦耳的铃声，门开了。他第一个进去，我扶着周东生紧随其后，接着是张小飞，关助理最后，随手将门锁好。

灯是感应的，我们一进去，便亮了。房间接近正方形，南面是一整扇落地窗，东西两侧各有一道门。家具陈设与我们住的酒店房间没有差别。

"现在是不是应该找启动装置了？"张小飞站在屋子中间四下张望，"周顾问，你觉得启动装置大概长什么样？"

孙局长和我扶着周东生坐到沙发上。

"不知道，可能是一台计算机？"

"别忘了我们还有一把钥匙呢。"我提醒他们。既然它想要这把钥匙，说明钥匙一定有用。

关助理拿出粉色钥匙交给我。

门外传来枪声，他们应该是在对门开枪，门纹丝不动。

"计算机，粉钥匙，就这两个条件，开始找吧。"孙局长下达命令。

周东生也想帮忙，被我们拦住了。关助理负责守门。张小飞向东面找，我和孙局长往西。

第一个房间是卧室，南面是落地窗，一张大床，别无其他。灯塔的导航灯正好转过来，光束一下子塞满了房间，晃得人睁不开眼睛。

"你说，明知道有灯光，为什么还要弄一整扇落地窗呢？"

1

孙局长一边揉眼睛，一边问我。

"也许就是想让光照进来。"

"为什么呢？"

"不知道。"

灯转过去。

我们进入第二个房间，不出意料，房型一样，是个健身房，十多种健身器材，与计算机和蓝钥匙没有一点关系。张小飞通过对讲机告诉我们，东边第二个房间是书房，有台计算机，已经叫周东生过去了。

我和孙局长继续前进，来到第三个房间。一进门，我俩同时呆住了。房型不变，沿着另外三面墙，门的位置除外，是一个放倒的凹形的大鱼缸，大大小小的水母在里面自由自在地漂来漂去。这也是最后一个房间。

对讲机又响了，张小飞语气兴奋，告诉我们赶紧过去，第三个房间有新发现，与粉色钥匙有关。

我们一路往回跑。经过正门的时候，关助理拦住我们，说他有一个小发现。因为他一直守着门，面对着北墙，刚才灯塔的导航灯转过来，他注意到光束照在墙上，在左上方的位置有一个黑点。

我和孙局长带着这个小发现来到东面的第三个房间。张小飞所说的新发现是在北墙上，我看了一眼，觉得一阵恶心，手臂起了一层鸡皮疙瘩，赶紧转身看向一边。

"你咋了？"张小飞问。

"我有密集恐惧症。"

1　　新发现就像是一个粉色的大向日葵，嵌在墙上，上面布满了三角形的锁孔。

我把钥匙交给张小飞，他一脸为难。

"现在怎么办？不会挨个试吧？"他问孙局长，"好几千个呢。"

孙局长笑了，讲了关助理的发现，张小飞长舒一口气。

周东生也过来了，那台电脑并没有特别之处。

我们又搬了椅子，叫来关助理，他个子最高，如果那个黑点对应的锁孔是在正上面，他来操作比较方便。至于门外的那些人，枪声已经停止了，可能是打光了子弹，撤走了。

等我们准备停当，灯塔的导航灯也转了过来。为了不挡光，我们贴着墙站到两侧。光束缓缓地移进房间，有一多半照到北墙的时候，那个黑点出现了，不是在上面，而是在右下方，一元硬币大小。几秒钟之后，光圆和大向日葵完美地重合在一起，那个黑点掉进了一个锁孔里。张小飞拿着钥匙冲过去。也就是一秒钟的时间，张小飞手中的钥匙马上就要插入那个锁孔了，光束继续向前走，和大向日葵错开了一条细缝，大向日葵上面的锁孔快速地水平移动起来。

"操，操，操，哪去了？"张小飞大喊。

"在那。"

"在那。"

每个人喊了两三声，就闭嘴了，全都跟丢了。

大向日葵也停止了转动。

"没关系，这次有经验了，下次就好了。"孙局长安慰大家。

等着导航灯又转了一圈，这一次黑点靠近中心，关助理伸手正好能够到，便拿了钥匙早早地等在那里，光圆和大向日葵刚一重合，他就把钥匙插入了锁孔。

1

"向哪边转？"他问。

我们都被问愣了。

"开锁是往右。"张小飞反应最快。

关助理已经把钥匙拔了出来。

"它是逆时针转的。"周东生指了指正在转动的大向日葵。

"灯塔也是。"我注意到光圆的移动方向。

"那就逆时针转。"孙局长拿过钥匙，"下次我来，如果能够到的话。"

突然，轰隆一声巨响，大门被炸开了。紧接着，浓烟中冲进来几个人。

"妈的，他们居然有炸药。"张小飞一边骂，一边把拉着我躲到墙边，同时寻找机会还击。

刚才为了方便观察黑点的位置，我们都站在远离向日葵的一边，也就是说，现在我们和向日葵之间，隔着一个门的空间，和从门外不断射进来的子弹。

"妈的，怎么办？他们火力太强了，我们被困住了。"张小飞扯着嗓子问。

"如果成功启动程序，他们会不会撤退？"周东生问。

"不管怎么样，先启动程序再说。"孙局长说。

导航灯又转了回来，这一次，黑点出现在右下方。

"掩护我，我要冲过去了。"孙局长一边开枪，一边喊。

趁着他不注意，我一把抢过他手里的钥匙。

"你干什么？"他怒斥我。

1

光圆马上就要与向日葵重合了。我管不了那么多了。这是我丈夫留给我的线索，本来就应该由我完成。

我闭上眼睛，不顾一切地冲了过去。我好像听见了子弹从耳边飞过的呼啸声，但是并没有感觉哪里疼。我睁开眼睛，发现自己已经到了对面。光圆和大向日葵已经重合在一起。我扑过去，插入钥匙，迅速向左转动，一圈，两圈，三圈，转到转不动为止。

屏住呼吸，等待，一秒，两秒，三秒，枪声还在响个不停。

导航灯熄灭了。

"他妈的，不会吧。"张小飞失望地喊了一句。

他的话音刚落，导航灯又重新亮起，黄色的光束变成了绿色。

就算我不懂计算机，我也知道，黄色代表待机，而绿色意味着启动。

"原来灯塔是这座海岛计算机的指示灯。"周东生的话更加肯定了我的想法。

就在绿灯亮起之后的几秒内，对方的枪声渐渐变弱，最后停了下来。

"你没受伤吧？"他们才想起来问我。

我检查了一下，毫发无损。

我们又等了一分钟，张小飞和关助理出去查看，发现那伙人已经撤退了。

"不管怎么说，我们这次的任务算是完成了。"孙局长坐到地上，不停地喘粗气。

虽然还有很多疑惑，比如，我们怎么才能知道，它是否被制约住了？但我决定暂时先不去想了。我有一种感觉，这座巨型计算机的启动，加速了我丈夫醒来的过程。这种感觉带来的喜悦足以让我放下一切忧愁。

1

我们离开的时候，除了一死一伤两个男人躺在电梯口，其他袭击者都不见了踪迹。孙局长和关助理负责善后工作。我和张小飞陪着周东生在岛上的医院做了手术，取出了他肩膀里的子弹。

第二天，大家一起吃早饭，孙局长告诉我们逃跑的袭击者已全部抓获，一共有三人。算上一死一伤，五个人全部是有经验的罪犯。招募方式与上一批相同。枪支弹药由他们自带。在它的指示下，傍晚时分，他们租了快艇上岛，避开了安检。为了方便监视我们，他们也住在顶楼，同时又在大厅派了一个人。发现我们之后，听从它的指示，胁迫为我们带路的女经理打开了通往电梯的通道，跟到 36 楼。女经理并没有受伤。另外值得一提的是，袭击者们收到的最后一条信息是：你们失败了，不想死就快滚吧。

"这听着怎么像是我发的信息呢？"张小飞问。

"应该是海岛计算机发的。"周东生说。

"这一点，能说明它已经被制住了吗？"张小飞问孙局长。

"并不能。"周东生替孙局长回答，"只能说是暂时压制。"

"怎么才会知道它是不是被制住了呢？"我终于找到机会提出了这个一直困扰我的问题。

"没有消息就是好消息。"孙局长说，语气颇有些无奈。

"我还有个问题，它还想抓我吗？"

孙局长从餐盘里捡了一个从面包上掉下来的蓝莓干，放到嘴里，嚼了几下，然后抬起头，勉强朝我笑笑。

我已然知道了答案。

"你不用担心，我们将联合警方派人保护你，直到找出它想抓你的原因，或者确定它被制住了为止。当然了，这期间还需要你配合我们的工作。"

1

"保护我的人我可以自己选吗？"

"没问题。"

"那我选张警官和关助理。比较熟悉，沟通方便。"

"我也是这么想的。"

孙局长看了看他们，两人点头表示同意。

"最后一个问题，盲神系统可以恢复使用了吗？"

"抱歉，暂时还不行。"

本来我想如果他说可以，我就将自己正在使用盲神二代的事儿告诉他，现在看来，还需要再等一等。

1

这个世界很荒诞

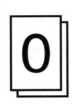

回到爱美宾馆，尤齐美刨根问底地乱问一通，满足了好奇心，背上书包，回学校去上课了。

　　陈榆又给周东生打了个电话，简述与雷克雅见面的经过。

　　"晚上我去找你。"周东生依旧是公事公办的语气。

　　晚上9点多，周东生的汽车停在爱美宾馆的门口，也不下车，一个劲儿地按喇叭。陈榆出去迎接他，他一改前几次的冷淡，热烈地招呼陈榆上车。陈榆心下惊喜，感觉回到了若干年前，宫敏敏还活着的日子。

　　上了车陈榆才发现，车后座还坐着两个女孩。

　　"这是陈榆，我最好的朋友。"周东生回头笑着对两个女孩说，然后又给陈榆介绍，"这位是Candy，这位是吉吉。"Candy化了很浓的妆，胸部饱满。吉吉长相清纯，戴着一副玳瑁眼镜。

　　陈榆分别和两人打了招呼。

　　"喜欢哪一个？"周东生问他，并不介意两个女孩听见，两个女孩好像也不介意他这么乱问。

　　"和前几天比，完全是两个人嘛。"不知道什么时候，西门好奇也上了车，和两个女孩坐在一起，"对你还挺好的，信我的，选胸部大的。"

　　陈榆没睬她。

0

“都喜欢。”

“那不行，只能选一个。”周东生不依不饶。

“为什么只能他选？我们不能选？”Candy娇嗔地笑着问。

“那你选。”

“我选你。”

“他不仅比我帅，还比我有钱，这个宾馆是他的，选我，你说你是不是傻？”

“我愿意，我就选你。”

“可我不想选你。”周东生哈哈笑。

“讨厌。”Candy撒娇，拍打周东生的肩膀。

“走吧。”旁边的吉吉淡淡地说了一句。

“去哪？”陈榆赶忙问。

“去酒吧。”周东生一边打方向盘一边回答。

汽车一路飞驰，最后停在一家叫Scyphozoa的酒吧门前。周东生搂着陈榆的肩膀跟在Candy和吉吉身后走进酒吧。酒吧里场面热烈，一溜十来个服务生正举着放着香槟和小烟花的托盘走向最里面的座位，烟雾弥漫，空气中充满了硫黄的味道，带给陈榆一种大战一触即发的感觉。不断有人和周东生打招呼。“刚来？”“好久不见。”一位金发碧眼的外国女孩儿过来亲了周东生，也亲了陈榆。

周东生预订的座位就在刚才点香槟的宾客旁边，那里坐着几个外国人，纷纷站起来和他们打招呼。

酒吧经理也走过来和周东生寒暄了几句，周东生又要了几瓶酒。

“这儿还不错，音乐好听，女孩漂亮，酒是真的，有时候空气会不太好，我早就跟他们老板提过意见，可是他也没办法，姑娘小伙儿花了钱，图一热闹，谁好意思扫兴呢。嗨，你好。"周东生和陈榆说话的间歇，又和另一个女孩招了招手。

很快，周东生和 Candy 撇下陈榆和吉吉，混进舞池，不见了踪迹。西门好奇也不知道去了哪里。

吉吉喝完一杯酒，挎上自己的包，站起来。

"我要回家了，你送我出去吧。"

陈榆也正想出去透透气。

酒吧门口站了不少人，三三两两吸烟聊天。出租车在马路边排成一排。吉吉走到路边靠近一棵梧桐树站住，并没有马上坐车走的意思。她摘了眼镜放进包里，又在包里翻了半天却只翻出一根皱巴巴的香烟。她拿着烟，想了一会儿，苦笑了一下，又把烟放回包里。

陈榆虽然不是敏感的人，也能看出来，这是一位被情所困的女孩儿。

"你认为爱情是什么？"她看了看街角，转头问陈榆。

陈榆一时答不上来，尴尬地笑笑，说不知道。

"爱情就是，爱他就给他自由。"

"听上去很有道理。"陈榆本不想这么敷衍，可更不想冷场。

吉吉看上去并不介意，又问。

"你认为爱情的反义词是什么？"

"仇恨？"

"你喜欢看新闻吗？"吉吉突然又换了话题。

陈榆有点摸不着头脑。

"还好。"

"就前几天的事，一个人的老婆被强奸了，他却躲在几米外

0

不敢出声。他也想去和强奸他老婆的人拼命，可是他上有老下有小，他怕他杀了人坐了牢，一家老小没人养。听起来像小说，对不对？可是，现实中就是有这样的事情，卑贱地活着还是勇敢地去死，这永远是个问题。"

说完，她又开始翻她的包，拿出手机，打了一个电话。

"我在 Scyphozoa 酒吧呢，来接我吧。"

收起电话，她又接着说。

"所以说，爱的反义词不是恨，而是穷。这个世界很荒诞，是不是？"

他只能默认点头。

一辆黑色奔驰缓缓停在他们跟前。司机下车，打开靠近他们一侧的车门。

"最后，正式介绍一下，我是周东生的女朋友。说了这么多怪话，我想你应该会记住我吧。"吉吉难得地展露出笑容。

陈榆心里一阵难过。

"我去把周东生叫出来。"

吉吉拉住他。

"不用了。他玩得开心就好。"

她逃跑似的迅速坐进车里，关上车门。

有一个瞬间，陈榆仿佛看见了她眼中有泪光闪过。

汽车开走之后，陈榆又在原地站了一会儿，心神有些恍惚，总感觉刚才的一幕在过去的某个时间发生过。等到他回过神来，余光看到街对面站着一个熟悉的身影。乍看之下，他以为是西门好奇，再仔细看，他惊呆了。是宫敏敏的灵，站在路灯下，微笑着向他摆手。他激动地跑过去，她却消失不见了。

是偶遇，还是来告别呢？向谁告别呢？肯定不是自己，那就一定是周东生。看得出吉吉是真心爱着周东生，如此古灵精怪又漂亮的女孩儿，他又怎么会不动心呢？玩归玩，但爱肯定还是爱吉吉。也正是因为他爱上了吉吉，宫敏敏的灵才会来找他，向他告别。这么一想，他由衷地为吉吉高兴。

陈榆兴冲冲回到酒吧。刚进门，就看见西门好奇站在吧台前向舞池方向张望。他凑过去才发现，舞池里有两伙人打了起来，周东生也混在战局里，眼见着他举起一瓶酒，砸在一个男人的脑袋上。那个男人随即倒在地上，再没起来。

"打得漂亮。"西门好奇在旁边高兴得直鼓掌。

陈榆则看得心惊胆战，举着手，招呼周东生，示意他赶紧离开。周东生注意到他，从容地退出战场，和他一起走出酒吧。

"不好意思，这么乱，你肯定没玩好，要不我们再换一家？"周东生满脸愧疚。

"不用了，我对这种夜店没兴趣。咱们聊聊天，然后我就回去了。"

"这样啊，那就车上聊吧。"

两人坐进车里，西门好奇也跟了上来。

"你给我的那个号码从哪得来的？"陈榆问。

"和11号先生聊得怎么样？"周东生笑着反问。

"11号先生？"

"车祸之后，警察交给我一部手机，是她的备用机。我不知道她有备用机，住院的时候没事就翻看里面的内容，发现通讯录里都是我不认识的人。为了弄清楚这些人是谁，我给他们编了号，然后挨个打过去。"

"有什么发现吗？"

"没有，但觉得很好玩，后来还有些上瘾。"

"今天这位 11 号先生跟我说，他感觉敏敏是在研究他，像研究蚂蚁一样。"

"已经无所谓了。"周东生苦笑着摇摇头，"问你一个问题，在我们重逢之前，如果在街上迎面相遇，你看到我，还会认识我吗？"

"不会。"陈榆如实回答。

"别说是你，整容之后，我照镜子都觉得无比别扭。我是周东生但已经不是以前的周东生了。就算宫敏敏的生命是我的一部分，也已经是过去时了。另外，我再告诉你一个秘密。"他微微侧过身子，搂住陈榆的肩膀，"我从来没对别人说过，害怕被人认为我是精神病。当时，在我们发生车祸的那个瞬间，对于我而言，有那么几微秒的时间是被无限拉长的。然后，一个女人的声音在我耳边响起。她自称盲神，又解释说，盲神就是爱神。她说，在这场车祸中，我们三个人里只有一个人能活下来，至于谁能活下来，决定权在我，我选择了自己，然后我就奇迹般地活了下来。"他晃了晃搂着陈榆的手臂，"现在既然你也活了下来，我想那个什么盲神可能对我们三个人说了同样的话，就是说你也曾经面临选择，同样活了下来。这说明什么？"

陈榆看向西门好奇，西门好奇说，不知道有盲神这回事。

"我不知道，我没有听到过盲神的声音，也没做过什么选择。"

"你肯定吗？也许是你伤得比较重，忘记了。"

陈榆再次向西门好奇投去求助的目光，西门好奇摇了摇头。

"是你编的吧？盲神什么的？"虽然嘴上这么说，但在心里，陈榆已经肯定了盲神的存在。

"信不信由你。"周东生板起面孔，"盲神什么的并不重要，最重要的是，既然选择活下来，你就要忘掉过去，为自己而活。"

周东生的这些话，陈榆根本没有听进去。眼下，最让他感兴趣的就是盲神。

在车祸发生的瞬间，盲神究竟有没有为他提供选择？如果有，他选择了什么？如果没有，为什么没有？盲神和他看见灵有没有关系？和西门好奇有没有关系？盲神到底是什么？能做什么？

与周东生分开之后，他将想到的关于盲神的问题全部抛给西门好奇。西门好奇一脸无辜，不住地摇头。

回到家里，躺在床上，他终于理出了头绪，关键还是宫敏敏的灵，她肯定会带来关于盲神的新线索。好消息是，她已经出现了，只要守住周东生，肯定会再次见到她。

半睡半醒间，他做了一个梦，梦见自己一个人站在海边，海里漂着很多小水母，不远处有一座灯塔，灯塔上的导航灯转啊转，转啊转，突然晃到了他的眼睛。他猛地醒过来，梦就断了，但困意还在，转瞬就又睡着了。这一次，他没有再做梦。

0

"王后"驾到

1

返程的飞机上，大家看上去都很轻松，或者努力表现出轻松的样子。至少孙局长给我的感觉是后者。张小飞讲个不停。他说我们这次行动唯一的遗憾是没有一个行动代号。我问如果有的话，他想叫什么。他想了想说，就叫捕鲸行动，因为任务是在海岛上，超级人工智能，给人的感觉很大，就像一头鲸。周东生纠正他说，没错，超级人工智能是很大，但同时也可以很小，如果把它比作一头鲸，也是由无数条极小极小的小鱼组成的鲸，关键时刻，它还可以变成无数的小鱼，隐遁到茫茫大海之中，根本无迹可寻。张小飞问，也就是说，如果它没有被制住，也不再主动出现，我们就找不到它了？周东生回答：也不是没有这种可能。张小飞转头对我说，如果是那样的话，我岂不是成了你的终身保镖了。你要付我和关助理薪水了。我说，不用担心，等我丈夫醒了，你们就可以撤了，他会保护我。一提到他，我就心潮澎湃。已经有30小时没见面了，几乎是近三年来我们分开时间最长的一次，说不定他已经醒了呢。我的手机不在身边，所以没法通知我。

　　飞机落地，我迫不及待地取回手机。开机之后，各种信息的提示音足足响了十几秒，最后显示有55个未接来电，其中，28个来自吉吉，21个来自我婆婆"王后"，另外6个则无关紧要。吉吉是很有主见的人，不是大事，不会给我打这么多电话。"王后"

1

嘛，给我打电话永远是她的最后选择，即使是为了她大孙子的生日礼物，她也不会屈尊给我打第二个电话。现在这两个人同时疯狂地给我打电话，莫非，他真的醒了？因为医院联系不到我，只好联系了其他家属和公司。

想到这里，我赶紧给吉吉打过去。

"是不是他醒了？"

"你回来啦？"

我和吉吉抢着说完了第一句话。

接着，她沉默了。

"那什么……"我用力咽了咽吐沫，掩饰自己的失落，"我回来了，看你给我打了那么电话，发生什么事儿了？"

"我老板的爸妈来了。"她的声音压得很低。

"他们现在在哪呢？"

"医院，病房，他们都知道了。"

"好，我知道了，我现在就过去。你在哪呢？"

"我在这陪着呢。"

"你告诉他们我马上就回去。你就不用在那陪着了，去帮我买几双篮球鞋，要最新款，41码。"

"什么牌子？"

"大牌子的，挨个买一双。"

"好，我知道了。"

"还有，你老板怎么样了？"

"暂时还没醒，其他都很好。"

"那就好。"

挂断电话，我的情绪也恢复了平和。对于我公婆的到来，以及我和"王后"之间即将发生的不愉快的对话，我感到前所未有的亲

1

切。与过去一天里发生的事情相比，再糟糕的婆媳关系、婆媳斗争都让人觉得可爱。可以预见的是，见面之后，这种感觉可能会消失得无影无踪，但是，眼下，我不得不承认自己期待见到她。

张小飞和关助理送我回医院，跟着我来到病房门口，与守在那里的警员做了简单的对接。

我从门上的窗口向病房里张望，我公婆就坐在病床前，像两只麻雀依偎在一起，静静地看着我丈夫。我公公眼圈微红，神情恍惚而悲伤。"王后"的脸上则带着怒气，紧紧抿着嘴，好像时刻准备着咬谁一口，而那个谁十有八九是我。我深吸一口气，做好被咬的准备，敲了敲门，推门进入病房。

"爸，妈，你们来啦。"

我公公抬起头，想挤出一点笑容，却没有成功。

"你回来啦。"

"嗯，出去办了点事儿。"

她一动不动，也不看我。

我公公用肩头碰了碰她，她才不情愿地转动眼珠，看向我的双脚。

"我儿子出了这么大的事儿，你为什么不告诉我们？"

"事情有点复杂，我不想让你们着急上火。医生说了，他现在情况很稳定，醒过来只是早晚的事儿。"

"你不在这守着他，去哪啦？有什么急事，必须你去办啊？"

"和他有关，涉及人工智能的一些事儿。"我故意说得很笼统，既挑不出毛病，也不会吓到她。

她瞥了我一眼，转头对我公公说："你出去一下，我要和她单独谈谈。"

1

"什么事，我还不能听了？"我公公坐着不动。

"女人之间的事儿，你有什么好听的？"

见我公公还是犹豫，她轻轻推了他一下，动作就像是撒娇。他们的恩爱劲儿，一直是我们的榜样。

"爸，要不您出去走走吧？"我也劝了一句。

我公公站起来，拍了拍她的肩膀，嘱咐她好好说，不要着急。出门之前，他意味深长地看了我一眼，暗示我要让着他老婆。我微微点头。

"坐吧。"我公公出去之后，她吩咐我。

我想坐到床上。她又说："坐到我旁边来，我又不会咬你。我只得坐到刚才我公公的位置。"

她不再说话，只是看着我丈夫。我也不知道说什么好，正好也借机仔细看看他。他的气色不错，皮肤有了光泽，头发有些长，下午要请个理发师过来了。

"他该理发了。"她的语气突然变得温柔，让我有些不适应。偷偷看她，发现她脸上已经没有了怒气。

"小时候，都是我给他理发。在网上买了一把电动理发器，调到 3 毫米，随便推一推，就很好看。后来，那把电动理发器坏了。他用他爸的工具捣鼓了一会儿竟然给修好了。我记得清清楚楚，那一年，他五岁半。"

"他给我讲过这个故事，那把理发器他一直留着呢。"我不知道她说这些有什么用意，只好顺着她说。

"他不知道，我当时吓坏了。"

"为什么？"她这么说出乎我的意料。

我看她，她也看我，她的眼睛里噙着泪水。

"这就是原因。"她转过头去，看向病床上的他。

我有点明白，又不完全明白。

她把眼泪生生憋了回去。

"我就是一个普通女人，一个普通的母亲。我希望我的孩子能平平安安快快乐乐地度过一生。在改变世界的天才和整天看电视呵呵乐的笨蛋之间，我宁愿选择后者。"

"可是天才也可以很快乐啊？"

"所以，我很感谢你。"

她看着我，目光坦然真诚。我受宠若惊。

"感谢我什么？"

"他和你在一起很幸福，也很快乐。"

"你这么认为？"

"事实如此。"

"可是……"

她摆摆手打断我。

"我是一个特别自私的人，又软弱。所以我才会故意对你们不好，故意表现出很偏心的样子。"

"为什么？"我发现自己一点也不了解她。

"因为我了解你，我对他不好，你就会加倍对他好。我无法永远陪在他身边，你却可以一直陪着他。"

她说得不准确，但也不错。我全心全意地爱着他，无所谓加倍与否，但每次我们在她那里受到了冷落，我都会补偿他，帮他实现一个小愿望。

"可我还是不明白，你对他好，我也对他好，岂不是更好？"

"所以我才会说我自私又软弱。"她双臂抱在胸前，"我害怕，我想把他推远一点，失去他的时候，可能就不会那么痛苦了。你能理解吗？"

"你是不想成为一个天才的拖累。"换个时间，换个地点，我肯定不会理解她，但是现在，坐在病床边，看着他躺在床上，浑无知觉，只有胸脯在轻微地上下起伏，我才体会到她的难言之痛。虽然有我陪在他身边，但他的研究事业仍旧是一条孤独充满未知甚至凶险的道路，她的作为只不过是在用另外一种方式说：儿子，你放心去干吧，不用担心我。

"随便怎么说吧，我就是一个偏心眼的妈妈和婆婆，我并不想否认这一点。"她用双手捂住眼睛，长出一口气。

"你不会失去他。等他醒过来，我希望你能把这些话再亲口对他说一遍。"

"不用了，我和他说过了。"

"什么时候？他怎么没和我说过？"

"去年的 9 月 16 日。"

我糊涂了，看着她，希望她能给我一个解释。

她从地上拿起自己的挎包，取出一个很厚的纸袋。

"去年的 9 月 16 日，老二过生日，他去了，你没去。临走他给了我这个，告诉我，如果有一天他出了什么事儿，就把这个交给你。那天和你打完电话，我觉得不对劲，就一起带来了。"

"里面是什么？"我接过纸袋。

"我没看过。"

"他当时还说什么了吗？"

"没了。"

我想打开纸袋，被她制止了。

"等我们走了再看吧。另外，我大孙子的篮球鞋买了吧？"

我给吉吉打电话询问情况，她说已买好，在回来的路上。

1

拿到球鞋，他们便急着要走。张小飞、关助理和吉吉一起陪着我送他们到停车场。上车前，我和她拥抱，在她耳边叮嘱她保重自己。她没说话，只是抱得更紧了。我公公对于我和她关系的变化略感惊讶，但在上车前还是不忘低声对我说，如果在病房里她说了什么过分的话，请我千万不要放在心上。我关照他开车小心。

吉吉也直接取车回了公司。

我带着一丝伤感回到病房，向张小飞和关助理说明纸袋的来历，然后将其打开。里面有一本《英汉技术词典》和一册小学三年级的英语教材，书皮上写着他的名字：陈榆。

《英汉技术词典》的封面是暗橙色，很旧，四角都有破损。我、张小飞和关助理分别翻查了三遍，确认里面没有夹带任何东西，就是一本普通的老词典。那本写着他名字的英语教科书也是一样。

看到词典和英语书的第一眼，我就想到了照片上的那串字母，现在更加确信它们之间必有关联。

我说出自己的想法，得到他俩的一致认同。

"照片呢？"张小飞问。

"不用照片，我已经记住了。算上正面的字母 V，是 REYKJAVIK。"

我翻开词典，在 792 页找到了 RE 开头的单词。张小飞眼睛尖，一下子就找见了，在 793 页的右下角，Reykjavik，一字不差，汉语解释是：雷克雅未克，冰岛首都。

"我想起来了，在水母岛的时候，我问那个服务员喷泉的水为什么是热的，他提到了冰岛，说什么设计师是冰岛的。"张小飞看看我，又看看关助理，"这算不算是暗示？"

关助理顿了一下。

"我给局长打个电话。"说着拿出手机，走到窗边。

虽然从他的脸上看不出任何情绪变化，但我大概猜到他是怎么想的。如果我们应该在上岛之前就拿到词典呢？那样的话我们很可能错过了重要的信息，也就意味着我们在岛上可能犯下了很严重的错误。

"局长一会儿就到。"打完电话，他走回来，"我们继续。"

"你不用担心，根据我对我丈夫的了解，这本字典和书就是应该现在才拿到。"

"为什么？"

"不然为什么不和那个粉色的盒子放在一起呢？"张小飞替我回答。他显然也意识到了问题所在。

"为了降低风险。不要把鸡蛋放到一个篮子里。"关助理回答。

"也有道理。"张小飞看向我。

"因为我丈夫知道，我一定不会马上就告诉我婆婆他出事了，所以，他才会把东西放在她那，为的就是将我们拿到这两样东西的时间拖后。在他的计划里，时间应该没有现实中这么紧密，但我相信，他的初衷是这样的。"

"难道不是因为信任自己的妈妈才放在她那吗？"张小飞问。

"那也是一方面原因，但不是最根本的原因。这其中还关系到我们家人的性格和感情关系等方面，你们不能完全理解也很正常。"

"但你知道……"关助理看着我，停顿了几秒钟，好像在考虑如何措辞，"现实中会有很多意外情况，我有责任必须保持怀

1

疑的态度。"

"当然，我也是把我知道的全说出来，供大家参考。"

"好啦，我们继续吧，接下来要怎么办？"张小飞拿起字典，左看右看，"雷克雅未克，冰岛首都。这能说明什么呢？要我们去冰岛吗？"

我拿起那本三年级的英语课本，翻到目录页，逐条查看，并没有任何与冰岛或者雷克雅未克相关的信息。

"既然已经翻译过来了，现在要注意的是不是汉字啊？"关助理问。

这句话让我想起一件日常小事。我丈夫说英语，总是会把 [e] 和 [æ] 的音发成 [ai]，我常常帮他纠音，但基本没用。我笑话他笨，他却说，是因为他太聪明了才会这样。小时候学英语，他嫌学校里教得慢，就自己学，为了方便，他会把所有的单词都用汉字来标音，而汉字里只有一个 [ai] 的音，这么一来，他的英语发音里也只有一个 [ai]。他还不忘撒娇说，只有一个 [爱] 的音，恰恰也说明了他是一个专一的人。

我把英语书翻到最后的单词汇总页，果然，每一个单词的后面都用汉字标出了相应的发音。一个一个找下来，最后在 wake 的后面发现了"未克"。

"雷克雅未克，未克。难道是要把原来单词里面发'未克'的字母换成 wake？"张小飞拿起字典，翻到 REYKJAIK 的后面。我们也跟着看，可是并没有 reykjawake 这个单词。

"有笔和纸吗？"关助理问，"也许写出来逻辑更清晰。"

我从包里找出笔和记事本递给他。

他在笔记本上写下：REYKJAIK——雷克雅未克——未克——wake。最后在 wake 上画了一个圈。

"我觉得顺序应该是这样的，最后的指向是 wake。"

"那又是什么意思呢？"张小飞问。

"醒来。"我看向床上的他。难道这条线索会提供唤醒他的方法？这么一想，心里一阵悸动，手心全是汗。

"那前半部分呢？雷克雅又是什么意思？"张小飞又问。

关助理在 wake 后面写下醒来，又写下雷克雅，标上问号。

我在心里默默尝试了雷克雅、雷克和克雅的英文发音，其中只有雷克和 lake 的发音比较接近。刚刚在书上也看到了 lake 这个单词，但他标出的汉字是累克，在读音上也确实更相似。

如果说"未克"指向"wake"最后的含义是"醒来"，那么基本可以推断，前面的部分也应该是汉语，应该可以和"醒来"组成一个短语或者一句话。从目前掌握的信息分析，"雷克雅"并不能拆解成更多的短语，也不能替代为一个或者多个英文单词再翻译成汉语。如果"雷克雅"只能是一个整体，作为汉语词汇能有什么意义呢？"雷克雅醒来"又是什么意思呢？

"雷克雅醒来。"我念出声，"假设……"有人敲门，我把嘴边的话咽了回去。

"请进。"张小飞应了一句。

孙局长推门进来。

看见他，灵光一闪，我突然有个想法，不如问问他，他还什么也不知道，兴许能提供不一样的思路。

"你来得正好，问你一个问题，雷克雅醒来，这句话能让你想到什么？"

"雷克雅醒来？"他一脸诧异，仿佛走错了房间，"什么意思？"

"不要多想，凭直觉回答。"

1

他还是犹豫了，摸了摸头顶，看了看关助理和张小飞。他们也在等待他的回答。

"我们就是想换换脑子，想到什么就说什么。"我鼓励他。

"雷克雅醒来，是吧？"

"对。"

"雷克雅是谁？"

雷克雅是一个人？

我感觉豁然开朗，新思路像一幅水墨画在脑海中延展。

"假设雷克雅就是一个人，他会是什么人呢？现在已知的限定条件只有一个，醒来。醒来可以粗略地分为两种，一种是睡觉醒来，一种是像我丈夫这样从昏迷中醒来。睡觉醒来没有特指属性，所以，肯定是像他这样醒来。而这条信息又是他留下的，他是盲神的创造者，盲神是专门用于唤醒植物人的人工智能。最后的答案就是，雷克雅是被盲神唤醒的植物人患者，也正是我们要找的那个人。"

直觉告诉我，这就是正确答案。

"小关，给我讲讲整条线索的来龙去脉。"孙局长看上去更糊涂了。

关助理拿着笔记本，简明扼要地讲了一遍。

"刚才的结论说得通。"孙局长又想了想，"也很好验证，不用联网，直接进入盲神系统的病人数据库就可以查验。"

其实，我有更简单的办法，只要启动盲神二代，问问它就知道了。可惜他们不会认同。

他们也没有给我单独使用盲神二代的机会。因为不能在电话里透露这条信息，还会有后续行动，又要保护我，我只好跟着他们一起回到人防局。

1

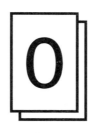

盲神是灵之神

早上醒来，盲神的问题依旧困扰着陈榆。很快，又增加了一个新问题。

　　他和西门好奇来到爱美宾馆的时候，尤齐美早已经到了。她穿了裙子和高跟鞋，看着并不像是来上班的。一见到陈榆，就拉着他上了二楼，进到他的办公室。

　　"又怎么了？"陈榆莫名其妙地感到心慌。

　　"别害怕，这次是好事，绝对的大好事。"尤齐美推着他，让他坐下，然后自己坐到他的对面。表情十分严肃，紧紧地盯着他的眼睛，"我们也认识一段时间了，说实话，你认为我这个人怎么样？"

　　陈榆认真地想了想。

　　"很聪明，很勇敢，有想法。有什么事，请直说。"

　　"好，那我就直说了。我爱上你了。就是这件事。"说完，尤齐美悄悄松了一口气。

　　陈榆愣住了，脑袋里一片空白。

　　尤齐美笑了。

　　"你不要有负担。我也不是要你马上答复我。也许，你还爱着敏敏姐？我不在乎。我就是想告诉你，我会等你，等多久都行。我这个人呢，有什么事就要说出来，憋在肚子里会憋出病的。现

0

在说出来就好了，我还有课，先去上课了。"

这突然而来的表白，就是陈榆的新问题。他感觉有点无所适从，他爱尤齐美吗？他不确定，但他也不能否认，喜欢和尤齐美待在一起。也许是因为那次意外，她替他挡了一刀，和她在一起，他很有安全感。宫敏敏呢？他还爱她吗？他也不确定了。

"我该怎么办？"他向西门好奇求助。

"按照原计划，守住周东生，先找到宫敏敏的灵。以后的事情，以后再说吧。"西门好奇总是能给出中肯的建议，这也是他信赖她的原因。

他们租了一辆车，在周东生的律所楼下守了一天，宫敏敏的灵并没有出现。

晚上，周东生照常下班，他们跟在他的车后。突然，陈榆接到了周东生的电话。

"你在哪呢？"周东生问。

"还能在哪，在店里呗。"陈榆以为自己被发现了，赶紧扯了个谎。

"晚上一起吃饭，还有吉吉，我先去接她，再去接你。"

陈榆悬着的心，落了地，赶紧说，不用了，你在哪，我去找你。

"已经在路上了。"周东生挂了电话。

陈榆连忙让司机换了条路线，想的是赶在周东生之前回到爱美宾馆，却赶上堵车，他到宾馆的时候，周东生和吉吉已经到了，正在和尤齐美聊天。没有人问他去哪了，省去了他再次撒谎的麻烦。

"我们已经邀请了老板娘和我们一起吃饭。"吉吉搂着尤齐美，笑着说。

晚餐选在一家西班牙餐厅。吃完饭，周东生说，他最近弄到一瓶好酒，请大家去他家喝酒。他家坐落在江边，有一个大露台，直接面对江对岸的金融中心。那里灯火辉煌，亦真亦幻。尤齐美忍不住感叹，坐在这样的地方喝酒，简直就像是在拍电影。喝了几杯，大家都有些醉了，说话也不再拘谨。尤齐美便问周东生，准备什么时候娶吉吉。没想到，周东生当场便拿出一枚钻戒，向吉吉求婚。吉吉哭了。尤齐美也哭了，然后含情脉脉地看陈榆。陈榆的眼睛也湿润了。周东生又去取酒。陈榆下意识地随着他的身影向室内看了一眼，正看到宫敏敏的灵朝他走来。这一次，他心情平静，好像她只是如期赴约。

"好久不见。"他说。

"好久不见。"她答。

"我有很多问题想问你。"

"我就是来找你的，你可以慢慢问。"

"你不是来向周东生告别？"

"不是。我是来向你告别。"

他愣住了。

有人拍了他一下，他才回过神来。其他三个人诧异地望着他。

"我们叫你半天了，你怎么了？发什么呆呢？"周东生问。

"没怎么，喝多了，反应迟钝。"他抱歉地笑笑。

"没关系，你们先聊，我可以等。"宫敏敏的灵走向室内。

他突然又改变了主意。这很可能是他、周东生、尤齐美与宫敏敏，四个人的最后一次相聚，他们也应该知道曾经有过这样一个时刻。

0

"宫敏敏的灵就在你们面前，她来向我告别的。"

这一次，他们愣住了。

"你说什么呢？"尤齐美关切地问。

"灵是人死后的精神。宫敏敏的灵，就在这里，你们想说什么……"

"你胡说什么呢？"周东生站起来，粗暴地打断他。

"他开玩笑的，你激动什么。"吉吉拉周东生坐下，周东生不动。

尤齐美也站了起来，显得有些手足无措。

"我不是开玩笑，你看不见她，她就站在那。"陈榆说着，指向宫敏敏的灵。

"行了，别说了。"周东生不耐烦地摆摆手，"我们继续喝酒，好不好？"

"我说的是真的。"陈榆也站起来，想进一步解释给他听，"我能看见灵……"

"住嘴。"周东生死死盯着他，一字一顿地说。

"这可能是我们最后一次相聚，我想……"

"滚蛋，马上给我滚蛋。"周东生把手中的酒杯摔到了地上。

"喊什么喊，你以为我们愿意来呢。我们走。"尤齐美抱住陈榆，推着他往外走。

"等一下。"吉吉在后面喊。

"让他们走。"周东生叫住吉吉。

宫敏敏的灵跟在陈榆和尤齐美身后一起走出周东生的房子。

"到底怎么回事啊？"等车的时候，尤齐美紧张地问。

0

"回去再告诉你。"陈榆搂住她。既然宫敏敏是来向自己告别的，他也就明白了，他的心早于他的理智做出了决定。

陈榆带着尤其美和宫敏敏的灵回到爱美宾馆。

尤齐美一直追问，究竟是怎么回事。虽然陈榆也担心她会像周东生那样认为自己是在胡说，可还是如实相告：灵是人死后的精神，以爱为生，他能看见他们并与之交流，宫敏敏的灵就坐在他们面前。

"不开玩笑？"她半信半疑地左右看看。

"不开玩笑。"

"如果我不信呢？"

"没关系，换作我是你很可能也会不信。"

"她在哪呢？"

"就在我们对面。"

"具体点。"

他指了指宫敏敏的灵所坐的位置。

"她还是那么可爱。"宫敏敏的灵说。

"她夸你还是那么可爱。"陈榆替她传话。

"敏敏姐，我爱你。"尤齐美看着宫敏敏灵的方向。

"我也爱你。"宫敏敏的灵回答。

陈榆再次替她传话，讲完，才意识到自己说了什么。尤齐美狡黠地笑了。

又说了一会儿闲话，提到雷克雅。宫敏敏解释说，那时候她正在帮导师做一个心理学方面关于记忆的研究项目，随机选了很多人，为了方便，又买了一部手机，专门存放这些人的资料。

0

"说起来，作为灵，我现在也从事着与那时类似的工作。"
宫敏敏说。

　　"灵也要工作？"陈榆想到了西门好奇，也不知道她去哪了。
莫非，侦探真的是她的工作？

　　"我说的现在，是指此时此刻。"

　　因为喝了酒，他们聊天又不会发出声音，没有打扰，尤齐美
已经躺在旁边的沙发上睡着了。

　　"此时此刻？你在工作？"

　　"是的。"

　　"告别对于你们来说是一种工作？"

　　"不是。我是受了特别的委托。"

　　"受谁的委托？"

　　"盲神。"

　　"你知道盲神？车祸发生的时候，你也有过选择？"

　　"并不是每个人都有选择。"

　　"盲神到底是什么？"

　　"盲神就是爱神，灵以爱为生，盲神其实就是灵之神。"

　　"每个灵都知道盲神？"

　　"当然。"

　　陈榆糊涂了，西门好奇为什么要撒谎呢？

　　"盲神委托你做什么？"

　　"向你传递一条信息。"

　　"什么信息？"

　　"我只能说一遍，你要听仔细了。"

　　"好，你说。"陈榆下意识地向前凑了凑。

0　　　"你已经……"还没说完，宫敏敏的灵就消失了。

陈榆站起来，四处寻找，哪也没有。他走出宾馆，走到街上，也没有，宫敏敏的灵彻底消失了。

他回到宾馆，尤齐美被他弄出的声音吵醒，问他怎么了。他怕吓到她，撒谎说，刚刚送走了宫敏敏的灵。

可是，坐下之后，他仔细回想，越想越怕。从后果来看，你已经……后面的话肯定不是好事情。有可能是一句警告。最坏的可能是，有一个神秘力量消灭了宫敏敏的灵，阻止了警告的传递。可宫敏敏受到的是盲神的委托，盲神也不能保护她，说明这个神秘力量比盲神还要强大。更可怕的是，这个神秘力量最终的目标很可能就是自己。

他无法再想下去，这一切本来就超出了常理，现在更是超出了他的想象。

转念，他又想到了西门好奇，她去哪了呢？不会也被消灭了吧？

尤齐美在他眼前挥了挥手，把他的注意力引回现实。

"刚才敏敏姐在，我没好意思说，其实，我还是有点害怕。今晚能不能住你家里呀？"尤齐美楚楚可怜地看着他。

他想到那一晚她为他挡刀的样子，马上就明白，她根本就不害怕，而是看出自己害怕，才会这么说。他又有什么拒绝的理由呢？

回到家里，西门好奇果然不在。两个人看了一会儿电视。尤齐美很快又睡着了。陈榆把她抱进卧室，放到床上。半睡半醒间，她笑了笑，舔了舔嘴唇。陈榆吻了她，他也不知道为什么，也许是因为害怕，也许是因为爱，也许是因为那一秒，他需要一个吻来安慰他的孤独。在嘴唇相触的那一刻，他感到一阵眩晕，感觉自己吻到的是光，是热，是生命之泉，是花间的甘露，是天边的云朵，是人间的一切柔软。他心里想，就这样吧。盲神也

0

好，那个针对自己的神秘力量也罢，无论是什么也无法剥夺这个吻，也无法让他忘记这个吻。那么，这个世界上，还有什么好怕的呢？

0

第七章

两只老虎

不到半小时，人防局的技术人员就从盲神系统的患者数据库中找到了雷克雅的信息。

　　雷克雅，男，已婚。三年前，在一次酒吧斗殴中，头部遭重击，变成了植物人。五个月后，被盲神唤醒，痊愈出院。后面附有他的家庭住址等其他信息。

　　针对雷克雅的情况，我们开了一个短会。关助理提出一种假设，"雷克雅"这条线索很可能是"水母岛"计划的补充，也就是说，我丈夫也不能确定"海岛计算机"是否可以百分之百地制约住那个超级人工智能，那么，这次关于"雷克雅"的行动可能面临着更大的危险，所以，他们建议我留在人防局。虽然是为我好，但我还是拒绝了。理由是，无论雷克雅掌握什么信息，要想得到这些信息，一定需要密码。线索是我丈夫留给我的，我应该就是那个密码人，雷克雅应该只会把他知道的告诉我。当然，他们可以将他带回人防局，但那需要一倍的时间，也就要承担一倍的风险。综合来看，还是我们一起行动把握度更高。他们被说服了。另外，考虑到周东生身上有伤，这次行动也不需要关于人工智能的专业知识，孙局长决定暂时不通知他。

　　因为只有雷克雅的家庭住址，白天他很可能不在，我们一直

1

等到傍晚，简单地吃了晚饭，6点半，准时出发。

我平生第一次穿上防弹背心，坐上了防弹 SUV。张小飞与我同车，孙局长和关助理坐一辆。另外，还有五辆同款汽车，里面是荷枪实弹的武警，负责保护我们的安全。

路上，望着外面的车流在夕阳下来来往往，想到之前都是我丈夫开车接我下班，每天这个时候看到的差不多是同样的景色，当时只觉得稀松平常，现在却无比想念。想念他开车时专注的神情，想念堵车时他难得一见的暴躁，想念等红灯时他会转向我，笑一笑，伸手捏我的脸。这些想念催生出一种急迫感，我想快点见到雷克雅，虽然不知道他将传递什么样的信息，但我希望是唤醒我丈夫的方法。转念间，我又想到我婆婆说过的那些话，有那么一两秒，我甚至想，只要我丈夫醒来，我们能恢复平常的生活，即使是由那个超级人工智能统治这个世界也可以接受。可是，它到底想要一个什么样的世界呢？任凭我再怎么想也想象不出。

到了雷克雅家楼下，武警先检查了四周和楼内的情况，确认一切正常，我们才下车。坐电梯上到10楼，关助理走在前面，敲响了1001的房门。应门的是一个女声，问："谁呀？"

"你好，请问雷克雅在家吗？"关助理问。

女声问："你是谁？"

张小飞上前一步，拿出警官证对准猫眼。

"我们是警察，可以开门说话吗？"

门开了，里面的女人大约30岁，微胖，见门外站了这么多人，还有武警拿着枪，吓了一跳。

"你好，不用害怕，我们是警察。"张小飞再次出示警官证。

1

"我们想找雷克雅了解些事情，他在家吗？"

女人略显茫然，摇了摇头。

"他什么时候回来？"

女人用力咽了口吐沫。

"那个，他不住在这，我们已经离婚两年了。"

"哦，这样啊。"张小飞匆匆扫了我们一眼，又接着问，"那他现在住哪呢？"

女人弄了一下鬓角的头发，又咽了一口吐沫，有点不情愿的样子。

"灵山疗养院。"她的声音很小，但我们听得很清楚。

"灵山疗养院？那是什么地方？"张小飞问。

"怎么说呢？"女人苦笑了一下，"是一家高级精神病院。"

我们都愣住了。

灵山疗养院的位置很偏僻。

汽车下了高速，天就已经全黑了。接着又在一片旷野中开了20分钟，远远地看到一栋建筑和点点灯光。又穿过一片树林，前方出现了围墙和大门。车灯晃过去，我看到大门的左侧卧着一块大理石，上面用隶书写着：灵山疗养院。

"这地方真够阴森的。"张小飞从不同的车窗观察着外面的情况。

进了大门，车队径直驶向主楼，武警先下车，我们在他们的簇拥下走进大厅。前台值班的两名女护士看上去很年轻很温柔，之前肯定没见过类似的阵仗，吓得站起来，不自觉地往后躲。

张小飞上前，亮出警官证，问谁是负责人。其中一名女护士打电话叫来了值班医生。

1

医生比护士镇定，认真听完我们的要求，面露难色，拿出手机，说要给院长打电话请示。

孙局长向关助理递了一个眼色，关助理伸手拿过医生的手机，转手交给他，他关掉手机。"不用那么麻烦。"又将手机还给不知所措的医生，"有什么事情，由我负责。请你现在就把雷克雅带过来。"

"很抱歉。我不能那么做。"医生拿着手机，说话很没有底气，"就算你们要见他，也要先征得他的同意。如果他不想见你们，我们不能强迫他做任何事情。他是我们的病人，我们有义务保护他。这一点希望你们能理解。"

"那就麻烦你，先帮我们问一问。"孙局长摆出和善的笑脸。

"其实，也不用问。他到我们这里两年半了，没见过一个访客。他的父母、前妻和孩子，一概不见。"医生无奈地摊了摊手。

"他到底是什么病？"张小飞问。

"说实话，我们也不能确定，大概是被迫害妄想症。你们不知道吗？他是自己要求住进来的。"

"不管怎么样，还是请你去问问他。"孙局长加重了命令的语气。

"可以。我现在就去。"医生转身想走。

"不能打电话。"孙局长提醒也，"否则后果很严重。"说这句话的时候，他看了看身边的武警。

医生把手机放在前台。

"或者，你可以试试，说有一个叫尤齐美的女人想见他。"我加了一句。

"尤齐美？"医生看着我挤出一点笑容，"好名字。"

大约过了五分钟，医生跑回来，看上去既困惑又兴奋，跳过

1

孙局长直接对我说：

"他同意见你。"喘了两口气，又补上一句，"只见你一个人。"

"在哪见？"我问。

"他的房间。"

"我们在外面等，没问题吧？"关助理问。

"那没问题。"

我们一行人，由武警护着，跟着医生穿过走廊，走出主楼，经过篮球场和网球场，穿过一道刷卡才能经过的铁门，进入住院部，里面是一排一排的二层小楼。

"一栋别墅里住几个人？"关助理问。

"一个人。"

"这么奢华。"张小飞感叹，"那你们这儿一定很贵吧？"

"是挺贵的。"

到了雷克雅的住处，武警迅速散开，将别墅围住。医生继续带路，孙局长、关助理和张小飞随我上到二楼，来到卧室门前。

"他就在里面。"医生说。

关助理掏出一个电击器递给我。

"有备无患。这还是一个录音笔，已经打开了，你带着就行。"他解释说。

"我们就在门外，有什么不对你就大喊。"孙局长嘱咐我。

医生敲了敲门，对里面说，尤齐美来了。里面一个嗓音略尖的男声回答："请进。"我推门进入。

房间里的灯光是橘黄色，很柔和。一个男人从沙发上站起来，满面带笑，迎上来和我握手，好像我们是许久未见的老朋友。

1

"你总算来了。"

"你是雷克雅？"

"如假包换。"

"我们之前认识吗？"

他长着圆脸，头发稀少，脸上泛着油光，戴着眼镜，口气中有股酸味。总体上，他散发着一种仿佛随时可以消失在某个角落而不被任何人察觉的气质。或者，说得更直接一点，他比平庸还平庸，平庸到作为一位精神病人，也让人看不出任何特别之处的程度。看见他的第一眼，我就产生了一个疑问，我丈夫为什么会选择他呢？

"你不认识我，但我早就认识你了。"说这句话时，他显得十分骄傲。

"是吗？怎么认识的？"

"我们坐下说吧。"

他让我坐沙发，自己坐到对面的椅子上。为我倒了一杯茶。

"谢谢。"

"不客气，我们开始吧。"他好像比我还心急。

"好，可以先回答我刚才的问题吗？你怎么会认识我呢？"

"我不是认识你，而是了解你的一切。你叫尤齐美，今年 33 岁，身高一米六七，职业是法官。你丈夫叫陈榆，你妈妈叫尤佳佳，你爸爸叫齐永和。你最初的名字是齐美，你爸妈离婚后，你妈妈将你的名字改成了尤齐美。你的血型是 A 型。你……"

"可以了。你怎么会知道这些？"我打断他，心里既奇怪又害怕。

"是盲神告诉我的。"

1　　他坐在椅子上，腰板挺得笔直，神态庄重。

"盲神告诉你的？"

"是的，从植物人的状态醒来之后，我的脑袋里多了很多东西，这只是其中的一部分。"

"盲神还告诉你什么了？"

"它还告诉我，即将有一位神来到我们的世界，我被选中替盲神传话给人间的天使，也就是你。"

"我是人间的天使？"

"没错。所以，我一直在这里等待你的到来。盲神说，你一定会来找我。"

"那盲神要你传什么话给我？"

"是两段话，第一段话是：你侬我侬，忒煞情多。情多处热如火。把一块泥，捻一个你，塑一个我，将咱两个，一齐打破，用水调和，再捻一个你，再塑一个我。我泥中有你，你泥中有我，与你生同一个衾，死同一个椁。第二段话是：To be or not to be: that is a question."他的普通话一般，英文发音却很标准，想必也是盲神留给他的"后遗症"。

"就这些？"

"就这些。"

我比见到他之前更糊涂了。

"然后呢？告诉我这两段话之后呢？想让我做什么呢？"

"我不知道，盲神没说。"

我喝了一口茶，趁机整理整理思路。

"有几个问题，我想再问问你。"

"尽管问。"

"那位神，即将来到这个世界的神，是好的还是坏的？"

"盲神没说。"

1

"是盲神自己吗？"

"盲神也没说。"

"你说你从植物人的状态醒来，盲神在你脑袋里放了很多东西，对吧？"

"对。"

"除了刚才那两句话，还有什么与那位神有关吗？"

"没了。"

"和我有关的呢？"

"也没有。"

"有没有提到过一个叫陈榆的人？"

"也没有。"

"那都是一些什么东西呢？你的脑袋里？"

"关于这个世界的知识。比如，炒股的知识。在出事之前我根本不懂炒股，醒来之后，我发现自己很懂股票。我的住院费，给我老婆孩子和父母的钱，全是我炒股赚的。"

"医生说你是自愿住进来的，为什么？"

他得意地笑了。

"这就要说到盲神放到我脑袋里的另外一些知识了。出事之前，我从来不看小说，醒来之后，我发现自己变成了文学爱好者，已经看过成千上万本小说。其中，我最爱的作家是豪尔赫·路易斯·博尔赫斯，最喜欢的小说是他的《沙之书》，在《沙之书》中有一句话：隐藏一片树叶最好的地点是树林。受到这句话的启发，我就想，为了等待你的到来，我也必须把自己隐藏起来。隐藏一个人最好的地方是哪里呢？然后我就想到了精神病院，没有人会在意一个精神病人的言行，在这里，就算我不小心把传达给你的话说出去了，也不会有人相信。当然了，我从来没对别人说

1

过。只是为了以防万一。"

听他说完这些话，我终于明白我丈夫和盲神为什么会选择他了，正是因为他在哪里也不会惹人注意的平庸。

"我想再确认一下，盲神让你传达的只有那两句话？"

"只有那两句。"

"那我明白了。"我站起来，"我还有事，先走了。谢谢你。"

"是我应该做的。"

他送我到门口，搓着手，脸上喜气洋洋的。

"等你见到那位神，请替我问它好。"

我不知道如何作答，向他摆摆手，开门离开他的房间。

我们请医生帮忙找了一间空病房做临时会议室，重新听了一遍我和雷克雅对话的录音。

"应该带周顾问一起来。"孙局长懊恼地叹了口气，'大家先说说各自的看法吧。"

"我先说。"早在和雷克雅说话的时候，我就想到了对于那两段话的一种解读，"先说第一段话，乍听之下，可能会以为是我丈夫通过盲神留给我的情书，但这只是表面上的含义，就像那张照片上，他也写了我爱你。更深的一层含义，我想，那段话中的你和我应该是一种泛指，是一种拟人化的东西，联想到我们现在所处的状况，指的应该是两个超级人工智能。"

我看到关助理摇了摇头。

"有什么问题吗？"我问他。

"目前，所有的相关理论都认为，两个超级人工智能是无法并存的。"

"这个我知道，但是，我丈夫曾经向我提起过一个理论，叫

1

等待理论，当时我以为是开玩笑的，现在想想，也许不是。既然他留下这么多线索给我，等待理论可能也是一个提示。"

"那个理论讲的是什么？"孙局长问。

"简单点说，是说食肉动物比食草动物更善于等待。最后的结论是，等待，是智慧进化阶段的一个重要节点。"

"所以，你是想说，很早之前就有一个超级人工智能上线了，只不过他一直在等待，现在又有一个超级人工智能也来了，所以，现在一共有两个？"

"没错。"

"即使是这样，第二个也早已被第一个吃掉了。"关助理说。

孙局长点头。

"周东生跟我说过，理论上有两种超级人工智能，一种可以比喻成老虎，一种可以比喻成虎笼，如果第一个是虎笼呢？"

"我明白你的意思。"孙局长站起来，来回踱步，"既然第一个能够乖乖地等待，也就是说，它也能被限制，它的作用是划定了一个超级人工智能的范围，就像是建了一个动物园。然后第二个是老虎，一出生就在动物园里，但它想冲出去。如果我们想杀死老虎，就要通知动物园。这也暗合了'你泥中有我，我泥中有你'的寓意。"孙局长站到我对面，手撑着桌子，看着我。他的脸色发白，嘴唇在微微颤抖。

"对，我就是这么想的。"

"那你现在告诉我，你认为第一个超级人工智能是哪来的？"

"就是盲神。"

孙局长笑了，但笑容很难看，带着愤怒。

"让我大胆地猜测一下，你还在偷偷使用盲神，对不对？"

1

"具体地说，是盲神二代。"即使他不问，我也打定主意要说出这件事。

孙局长恶狠狠地瞪了我一眼，转过身去。

关助理低下头。

张小飞本来也很严肃，注意到我看他，连忙笑了笑，然后悄悄向前探了探身，小声对我说："我支持你的观点。"

"支持个屁！"孙局长吼了一声。

他几乎是跳着转过来，用拳头拼命地捶桌子，连捶了六下。因为愤怒，他的五官都扭曲了，眼中充满了血丝。

"蠢啊，愚蠢。"他又捶了两下桌子。

我的脸感觉火辣辣的，像被人打了耳光。我不服气，也想拍桌子，但我忍住了。

"有什么不同的观点，你可以讲出来。拍桌子解决不了问题。"

"你有没有想过？一直以来只有一个超级人工智能，那就是盲神。所有的一切都是它的阴谋，我们去水母岛，是打开了它的限制。今天这两段话根本就是威胁，它已经来到我们身边，和我们融为一体，生存还是毁灭，是它给我们的选择。而你一直在给它提供情报。我们走，现在去找周顾问。"孙局长看也不看我，转身往外走。

我紧跟上去。

"你这么说有什么证据？"

"你还不明白吗？"他站住，用同情的眼神看着我，"我的工作并不看重证据，我的工作是把每一种坏的可能扼杀在摇篮里，因为每一种可能都可能导致人类的毁灭。"

"没有证据，说服不了我。"我嘴上这么说，心里却有些动摇。他的假设也不是全无道理。

"我没想说服你。"

1

205

"我去下卫生间。"张小飞插了一句。

孙局长、关助理和我坐进一辆车里，开着车门等候张小飞。

我的心里七上八下，总是觉得孙局长的假设有漏洞，可是还没理出个逻辑，思维又跳到自己对《我侬词》的解释上，也觉得有牵强的地方。思来想去，越来越乱，身上不禁冒了一层冷汗。如果孙局长的假设是真的，我该怎么办？

张小飞从医院大厅跑过来，出了门，脚步却慢下来，掏出一根烟，点上，一边吸一边走。

"快点。"孙局长不耐烦地催促他。

他小跑了两步，停在车门前，吸了一口，笑着问："你们不觉得奇怪吗？"

"奇怪什么？"孙局长问。

"我们一路找过来，现在要走了，竟然没有遇到一点阻碍。"他又吸了一口，"或许，那个超级人工智能已经被我们制住了。这条线索根本就没有用。"

"司机，开车。"孙局长不再理他。

他赶紧扔了烟，踩一脚，跳上车，麻利地带上车门。

车里死气沉沉，没有人说话，我望着车窗外的黑暗发呆。既然我和孙局长说服不了彼此，就等周东生的专业意见吧。也许到时候会有新想法。

张小飞咳嗽两声。

"奇怪了，嗓子怎么总感觉痒痒的。"他拿起一瓶水，喝了两口。结果咳嗽得更厉害了。

"你没事吧？"我问他。

1

他捂着嘴，脸涨得通红，还在咳嗽。

关助理坐在他身边，伸手帮他拍了拍后背，他的咳嗽止住了。

他深吸一口气，说了一个妈字，马上又开始咳嗽。

孙局长也回头看他。

他用一只手捂住嘴，举起另一只晃了晃，示意自己没事儿。可是咳嗽的声音却越来越响，他的脖子都红了。

"到底是怎么回事？"关助理问孙局长。

孙局长脸色惨白，瞥了我一眼，然后命令司机停车。

汽车停住。

张小飞的咳嗽也停了。他犹豫着把手拿下来，我看见他的鼻子下面，嘴上，全是鲜血。突然，他鼓起了腮帮子，他想用手去挡，但已经来不及了，他又开始咳嗽，鲜血从他的嘴里喷出来，喷到了我的脸上。我赶紧闭上眼睛。他的血混着口水，热乎乎的，我却感觉到冷，透彻心底的冷。

我听到扑通一声，连忙睁开眼睛。

张小飞已然瘫倒在车座下。

他晕了过去，对他也算是解脱，至少他不再咳嗽了。

关助理把他放躺到后座上。我留在后面照顾他。帮他擦去脸上的血迹，解开胸前的纽扣，保证呼吸顺畅。他浑身发烫，为了给他降温，又在他的脖子两侧放了两瓶矿泉水。

车队加速前进，大家沉默不语。

张小飞的症状让我想到了敏敏姐，可是之前没有任何征兆，如此急速地发作，不可能是癌症。倒是结核病的可能性更大一些。或者，只是因为最近太过劳累吧。我尽量往好的方向想。

1

走了没多远，对讲机响起来，后面一辆车的司机报告有突发状况，请求停车。车队停入紧急停车道。关助理下车去查看情况，很快跑了回来，脸上疑云密布。

"一个战士也昏倒了，症状和他一样。"

孙局长沉着脸，什么也没说，示意他上车。

我意识到事情的严重性。现在有两个人出现了相似的病症，说明不是普通的疾病，很可能是病毒感染，或者是瘟疫暴发。另外，还有一种情况，我想也不愿想，却是直觉的第一反应，他们的症状与那个超级人工智能有关，而且一定还会有更多的受害者。可是，如果真的是它干的，目的是什么呢？是如何做到的？受害者的选择是随机的，还是有条件？

也许是心理作用，我感觉自己的嗓子也有点痒，忍不住咳嗽了一声。孙局长和关助理迅速回头看我，我赶紧咽了口吐沫，把第二声咳嗽压下去，告诉他们我没事儿。

车队再次出发，开出去不到一公里，接连看到六辆汽车停在紧急停车道上，其中一辆车开着后车窗，里面坐着一个小女孩儿正在哇哇大哭，看着让人心疼。尽管无法一一验证，但我猜测，更多的受害者就在那些车里。

人一旦开始往坏处想，就像掉入了沼泽地，只会越陷越深。张小飞时不时会出现肌肉痉挛的情况，我不禁想到丧尸电影中的画面。他的身体突然扭曲到不可思议的程度，骨头咔咔直响，瞬间又恢复常态。过了几秒钟，他坐起来，看上去是正常醒来，可是动作却颇为僵硬。他左右看了看，看到我，表情悲切，抓住我的手，哀求我马上杀了他。不等我回答，他的眼睛变成血红色，他的嘴角浮现出狰狞的笑容，接着，一下子抱住我的头部，将我的脑袋掰向一边，张嘴咬我的脖子。

难道这就是那个超级人工智能的目的？将人变成丧尸，毁灭人类？莫非孙局长的假设才是正确的？

张小飞呻吟了一声。我吓了一跳，慌忙低头看他，他眼睛睁着，也在看我。

"你醒啦？"我强作镇定，仔细观察他。他的眼睛通红，神态疲倦，满脸的不耐烦。

"别害怕。"他好像看穿了我的心思，不屑地笑了笑，"我还是我。"

"你当然这么说，有证据吗？"孙局长回过头，插了一句，化解了我的尴尬，他表情严肃，看不出是不是开玩笑，"现在感觉怎么样？"

"他妈的。"张小飞咧着嘴，骂了一句，"胸闷气短，嗓子疼，浑身酸痛，没劲儿，就像得了重感冒。"

他想翻身，差点又掉下座位。我扶住他，帮他坐起来。

"之前有过这种情况吗？"孙局长又问。

"当然没有。咳血的时候，我差点吓尿了，以为要死了。"他拿起一瓶水，拧了几下，没拧开，"妈的，连个瓶盖儿也拧不开了。"我拿过来，拧开，递给他。他慢慢喝了两小口，"你们都没事儿吧？"

"我们没事。后车的一个战士也倒下了，症状和你一样。"我说。

"这么说是病毒感染？"他往后靠了靠，"你暂时还是离我远点比较好。有口罩吗？"

1

"不是病毒。"关助理回答。

车速减慢。头车司机在对讲机里通知大家前方堵车了。

这在我的意料之中。如果某个正在开车的司机出现了咳嗽的症状，很容易发生交通事故，堵车也只是时间问题。

半小时过去了，我们向前移动了五六米的距离。前后左右挤满了大小车辆。左侧反方向的车道上也堵得死死的。孙局长和关助理的电话一个接一个，接通之后，他们像往常一样听多说少，只有一次，孙局长详细地描述了我们所在的具体位置。关于电话的内容，他们不说，我也不好问。考虑到只有涉及人工智能才会找他们，事情就已经很明了了。如果之前还仅是我的猜测，现在这些电话就是明证，那个超级人工智能是导致张小飞等人咳嗽的罪魁祸首。张小飞还很虚弱，病恹恹的，双手抱胸，头抵着车窗，望着窗外，不知道在想些什么。他那边的车窗正对着一辆大众轿车。司机是个年轻男人，二十三四岁的模样，穿着白色的T恤，站在车旁吸烟。车载音响播放着流行音乐，他跟着音乐的节拍摇头晃脑，自以为很酷的样子，其实很滑稽。天上传来轰轰轰的声响，他停止摇摆，望向右侧的天空。我也转回头，从车窗向外看，不远处，一架直升机正朝我们飞过来。

"是来接我们的。"孙局长淡淡地说了一句，"准备下车。"

关助理率先下车，站到前车的车顶，挥舞手臂，为直升机指引方位。

轰轰轰的声响停到了我们头顶，绳梯从天而降，落到关助理的旁边。

"下车吧。"孙局长回头招呼我们。

"等一下。"张小飞拉住我，"看。"

我循着他的目光看去，那个年轻司机正捂着嘴咳嗽，他的腰越来越弯，突然又挺直，剧烈地咳嗽了几下，接着，身子一软，摔倒在地。

"你们发现规律了吗？"张小飞面露喜色，看看我，又看看孙局长。

"什么规律？"孙局长问。迫于飞机的噪声，他提高了音量。

"我也是刚抽完烟，就开始咳嗽。他也是。"

"也许只是巧合。"我说。

"抽烟，咳嗽，你不觉得有一定的逻辑联系吗？"

"不排除这种可能。走吧。飞机不能停太久，容易引起恐慌。"

"我也走吗？"张小飞问。

"当然，你现在很重要，是我们研究的样品。"孙局长瞟了他一眼，拉开车门准备下车。

"可是我没劲儿啊，爬不了绳梯。"

"放心吧，有小关呢。"

关助理用保险带把张小飞绑在背上，第一个爬上绳梯，他动作敏捷，就像一只猿猴。我在他后面，显得笨手笨脚。最后是孙局长，负责保护我。等我们都上了绳梯，飞机适当升高，绳梯离开地面，以防有人爬上来，引起不必要的麻烦。

登上飞机，我向下看了看，那个晕倒的年轻司机被一群热心人围在当中。很多人在抬头看我们，用手机拍照或录像。有人向我们喊话，声音被飞机的螺旋桨搅碎，消散在夜空中，什么也听不见。还有一个女青年向我们竖中指。稍远的地方，人们纷纷走出汽车，向这边张望，虽然看不见，但我感受到他们眼中或多或少的焦虑，而我心中的焦虑是他们的成千上万倍。我多希望自己能像他们那

1

样，和爱人一起堵在高速上，消磨无知漫长却幸福的时光。

飞机急速拉升，呼啸着飞向高速公路尽头黑夜中最亮的那片光海。幸福却不自知的人群被甩在后面，淹没在堵车大军的洪流中。

"我们现在去哪？"张小飞问。

"送你去医院。"孙局长答。

"真要研究我啊？"

"当然。"

"我可以回去陪我丈夫吗？"我心怀侥幸。

"我们现在必须加强对你的保护，希望你能理解。"孙局长的语气中多了一丝客气。我意识到之前的争吵还在影响着我们的关系。也许他已经不再把我看作是自己人了。意外的是，这让我有种解脱感。

1

离别总是让人难过

陈榆被尤齐美叫醒，她已经做好了蛋炒饭。

"我先做了饭，准备做菜时打开冰箱一看，就俩鸡蛋。我想出去买点菜，可是不知道市场在哪，超市又有点远。我不是怕远，是怕你醒了看不见我着急。没办法，我就只好坐在这看着你睡觉，等着新做的热腾腾的米饭变凉，然后做了蛋炒饭。巧妇难为无米之炊啊。"她边吃饭边说。

"可以叫外卖啊？"陈榆反驳她。

"你什么意思？嫌我做的蛋炒饭不好吃？"

"好吃是好吃，就是油放得有点多。"陈榆吃下一口饭，勺里还汪着油。

"哦，对了，忘了告诉你，家里油也没了。"她喝了一口水，"也不能怨我，本来就不多，我想干脆都用了，结果倒到锅里一看，是有点多，也不能倒回去了，就将就炒了。"

两人正说话，响起了敲门声。

陈榆一边问谁啊，一边去开门。外面有女人问，陈榆住在这儿吧？开门一看，门外站着三个人，他妈一脸疲态站在前面，后面是他爸和周东生。

"怎么都没告诉我一声，好让我去接你们。"因为和周东生一起，他们突然出现的因由，陈榆也猜了个大概。一定与他能看见灵有关。

0

他给爸妈和尤齐美做了介绍。他妈拉住尤齐美，有一句没一句地和她聊家常。多大了，哪的人，工作还是上学，和他认识了多长时间，诸如此类。两人一问一答，内容简洁，绝不拖沓，就像电视访谈节目中常有的限时答题。

"有女朋友了，也不跟家里说。"限时答题之后，他妈转而责备他，"我们也没准备礼物。"他妈拿起随身的皮包，翻了翻，并没找到合适的物件。放下包，瞅了一眼无名指上他奶奶传下来的戒指，犹豫了一下，最后作罢。抬起头，对尤齐美说，回头阿姨给你补上。

"真的不用，阿姨。"尤齐美看向他，向他求助。

"妈，手镯。"他妈的右手腕上戴着一个玉镯子，还算剔透。

"哦，对。"她退下手镯，伸手递给尤齐美，"刚戴没几天，一个朋友去缅甸玩带回来送我的，东西还不错。"

尤齐美连连摆手。他起身接过镯子，拉起她的手，给她戴上："给你就拿着。"

如此客套一番之后，他妈的目光投向周东生。

"你说你能看见什么灵，什么人死后的精神。我很担心。打电话告诉叔叔阿姨，他们也很担心，赶紧就飞过来了。"周东生不动声色地向他和尤齐美解释。

"是真的吗？"他妈追问。他爸也忧心忡忡地望向他。

"是真的，不过没什么可担心的。"在过去的几分钟里，他也考虑过要说谎，毕竟那样可以省去很多麻烦。可是一想到宫敏敏的灵因为向自己传达信息而消失了，说谎又是对她的另一种抹杀，他就放弃了说谎的念头。

0 　他妈像对待陌生人一样把他上上下下仔仔细细地打量一番，

然后站起身，不容争辩地命令他：你跟我进来。

他们进到卧室，关上门。他给她从头讲起，灵是什么，第一次看见灵，遇见西门好奇，搬出学校。她不停地走来走去，好像在听，又好像没在听。

"车祸之后一直这样？"她站住，打断他。

"是。"

"为什么不早点告诉我？"

"怕你担心。"

她动了动嘴唇，没有说话，低下头，又开始不停地走来走去。

"你继续讲。"

没一会儿，她又打断他。

"你以后准备怎么办？"她语调急切，目光闪躲，仿佛要哭出来。他站起来扶她坐到床上。

"我过得很好，不用为我担心。"

"好个屁，这是病，得治。"说完，她哭了。这是他第一次见她哭。他也有些慌了，手忙脚乱地安慰她，却被她一把推开。她擦干眼泪，抬起头，掷地有声地告诉他，现在就带他去看医生。

汽车穿过大半个上海，进入一片别墅区，停在一栋别墅的车道上。周东生按了门铃，开门的是保姆，直接带他们上到二楼的会客厅。两分钟后，一个穿棉拖鞋居家服的秃顶老头走进来，关上门。他的脚步很碎，拖鞋不离地板，发出趿拉趿拉的声响。

"孙院长，你好。"陈榆妈妈和老头打招呼。

老头眼睛很小，就像两道缝，嵌在圆脸上，闪着亮光。他坐在最前面的椅子上，默默地看他们，因为眼睛太小，无法判断他到底在看谁。

0

"我们能单独聊聊吗？"

"我？"陈榆感觉他在看自己。

"她。"老头指向尤齐美。

尤齐美低着头，悄声问陈榆，她应该怎么说。陈榆悄声回答："无所谓。"

尤齐美随着老头从侧门进到另一个房间。大约过了五分钟，尤齐美走出来，一脸沮丧，告诉陈榆老头请你进去。

里面的房间很小，像是由厕所改造而成，面对面放了两张布沙发，老头坐在里面，陈榆挤进去，坐到他对面。不小心撞到他的膝盖，他像小孩儿一样龇牙咧嘴喊疼，陈榆连声抱歉。他抬起膝盖揉搓，踢到陈榆，却没有任何道歉的意思。沙发异常舒服，但仍旧不能缓解空间狭小造成的压迫感，陈榆甚至担心如果多出几口气，房间就会爆裂开来。

"我叫孙坚礼，你可以叫我老孙。我对你能看见的事物很感兴趣，能不能给我讲讲？"他开门见山地问。

陈榆不想在这么狭小的房间里久留，便挑了几条要点讲给他听。他听得很仔细，表情很丰富。当陈榆说灵一丝不挂时，他问女的也是？陈榆说是，他的脸上流露出很向往的表情。

"之前，我有一件事一直不明白，电视剧里电影里鬼魂都是穿衣服的。我就纳闷了，衣服也有鬼魂？不然鬼魂哪来的衣服穿呢？你现在这个想法，我觉得说得通。"

"不是想法，是真实存在。"陈榆纠正他。

"你怎么看待死亡？"他接着问。

"说不好。"

"怕不怕？"

0

"怕。"

"你觉得自己聪明吗？"

"一点也不。"

他又问了很多关于宫敏敏、西门好奇、周东生还有尤齐美的问题。

"对于宫敏敏的去世，你有没有心怀愧疚？"

"好像并没有。"

"尤齐美是你现在的女朋友？"

"是。"

"你爱她？"

"爱。"陈榆想到刚吃过的蛋炒饭的味道，又补上一句："如果有机会，我会娶她。"

"有一件事困扰了我很长时间，我想向你讨个主意。"他换了话题。

"我也不一定能有什么办法。"

"你听听看。"

"好。"

"三个月前，我给我的小女儿买了一只小猫，小蓝猫，很可爱。她叫它豆豆。不幸的是，前几天，小猫生病死了。我女儿悲伤得不得了，茶饭不思哦，经常玩着玩着就哭着来找我，说想豆豆了。你说我该怎么办？"

"再买一只？"

"买了，她不要，说那不是豆豆，她只要豆豆。"

"那我就没办法了。"

"我这几天在想。你说，如果我用什么办法，在她的脑海里植入一个豆豆，这个豆豆跟现实中的豆豆一样，会叫，会跳，会撒娇，见了她会喵喵叫……"

0

陈榆听着他的话，看着他光光的头顶，想象着如果要在他脑袋里植入一只小猫，要把小猫放在何处。他的视线进入他的头皮，穿过的颅骨，钻进他的大脑皮层，切入脑神经，顺着神经绕弯，大脑里的神经弯各种各样，直角弯，S形弯，Z形弯，U形弯，视线在他的脑神经中穿梭的速度越来越快，他开始觉得眼花缭乱头晕目眩，接着他感到胸闷气短胃痛恶心。他的视线游完他的大脑，退回到他光光的脑顶，他的恶心程度没有丝毫减轻，他站起来，房间在晃，他的胃猛地收缩，他吐了，吐在老孙溜光的脑瓜顶上。

尤齐美陪着陈榆来到卫生间，陈榆漱了口，洗了脸。

"多好吃的蛋炒饭啊，可惜了。"他照镜子的时候，边笑边说。

"他会不会因为你吐在他脑袋上而恨你，假公济私说你精神有问题，把你送进精神病院？"尤齐美则笑不出来。

"难说。"陈榆吓唬她。

"那怎么办？我有点害怕了，要不我们现在走吧？"

"再等等，看他们到底想把我怎么样。"

他们回到会客厅，只剩下周东生坐在原位。

半小时后，老头和陈榆的父母一起出现。老头说，综合考虑陈榆的情况，最好能住院观察。

"你别想歪了，是疗养院。我们先去看看，你要是觉得不合适，我们就回家。"陈榆妈妈补充说。

最终到达的地方，第一眼陈榆以为是所学校。进门是一大片草坪，草坪向南顺着五度左右的慢坡绵延到停车场。

下了车，老头走在前面，带他们参观。

"这座红楼是综合楼，下面两层办公用，三层是餐厅，上面两层是客房。"老头指了指停车场南面五层哥特风格的砖楼。

他们绕过砖楼，眼前是两排二层别墅。"这是疗养院的别墅住宿区。"老头继续介绍。

沿着住宿区的小路，一直走到底是篮球场和网球场。篮球场空荡荡的。网球场上有两个人在练习发球，其中一个人每次发球都会很销魂地大喊一声，啊！透过护球的铁丝网，能看见场地的另一侧与这一边几乎完全对称，感觉就像球场的中间立了一面镜子。

"建成这种对称的样子，有什么特殊的用意吗？"陈榆问老头。

"就像是人的大脑，这边是左脑，那边是右脑。"老头的表情并不像是开玩笑。

"根本不像。"尤齐美悄悄抗议。

网球场的右边有一道大铁门，门上装有密码锁，老头并没有开门的意思。

"南院和这边几乎一模一样，这边是普通疗养院，南院特殊一点。"

"觉得怎么样？"陈榆的妈妈问陈榆。

"相当不错。我决定了，我愿意留下来，接受治疗。"

自从周东生和他爸妈出现在他家门口，陈榆就在思考一个问题，他们的到来会不会也与那个神秘力量有关？现在，经过一天的时间，站在这所疗养院里，他终于想通了。

首先是关于灵，存在还是不存在？

他不仅看到了，还和他们交流过，所以他相信，他们是存在的。

为什么别人看不见？只有他能看见？

0

他曾经问过西门好奇类似的问题，西门好奇说，原因不重要，结果才重要，所以当时，他一心要找到宫敏敏的灵。就在昨天，他找到了。她带来了盲神想传递给他的信息，可是只说了一半就消失了。虽然信息不完整，但这个过程道明了他能看见灵的原因。是盲神想让他看见。宫敏敏的灵说，盲神是灵之神，恐怕也只有它有这个能力。他能看见灵，能与他们交流，才能从他们那里得到信息。

但这又产生了一个新的问题，只是为了传递一条信息，为什么要绕这么一个大圈呢？他猜想，原因可能有两个。其一，对手异常强大，盲神也是钻了对方的空子，才做到了这一切，但最后时刻还是暴露了，宫敏敏的灵瞬间被抹杀。其二，盲神应该也很清楚，宫敏敏来传递信息必然不会成功。所以，"绕圈子"的过程也是布局的过程。如果不是陪着西门好奇看了那么多的推理小说，他肯定不会想到现在这么多内容。如果宫敏敏的灵不是在他和周东生聚会的时候出现，周东生就不会知道他能看见灵，就不会给他的父母打电话，他就不会被带着去见孙院长，也就不会到达这所奇怪的疗养院。这些都在盲神的计划之中，所以，他才决定留下来。

其次关于盲神和西门好奇，虽然没有直接证据，但他有种感觉，西门好奇就是盲神，一直潜伏在自己的身边，悄无声息地指导观察着自己，又在秘密地收集着什么资料。她不敢表明身份，不然很可能也会被对手瞬间抹杀。现在，她一定躲到了哪里，等待着再次向他传递信息的机会。同时，暗暗期盼他可以自己猜出那句话的后半句。

你已经……后面到底是什么呢？他一点头绪也没有。

再次，就是关于盲神的对手了，应该也是他的对手。他在心里称之为神秘力量，这也是他对于它仅有的了解。

最后是关于他自己。为什么是他？为什么盲神要向他传递信息？为什么神秘力量要阻止他得到那条信息？因为，他是一个可以改变世界的人。这是雷克雅说过的话。雷克雅又是听宫敏敏说的。昨天，宫敏敏的灵告诉他，她正在做的工作，也就是向他传递信息这件事，与记忆有关。他是一个可以改变世界的人，也正是宫敏敏的记忆。

吉吉曾经问他：这个世界很荒诞，是不是？既然如此，改变一点又何妨？

当然，还有另外一种可能，以上这些纯属他的臆想，那样的话，他就更需要留下来了。

唯一让他不想留下的因素是尤齐美。他们的恋情才刚刚开始，他想无时无刻陪伴在她身边。尤齐美却表现得更成熟，反过来安慰他，告诉他，但凡是他的决定，她都会支持。

接下来，老头为陈榆办理了住院手续，安排了住处，亲自讲解了疗养院的诸多规定。大家又一起吃了晚饭。饭后，天已经黑了，陈榆送他们回北院的停车场。

"一定要配合院长的治疗。"妈妈嘱咐陈榆。

"一定。"

他爸没说话，给了他一个深沉的拥抱。

尤齐美看上去最轻松，告诉他，别害怕，过几天就来看他。

他一直等到周东生的汽车消失在视野中，才转身往回走。虽然是他自己的决定，但还是忍不住难过，离别总是让人难过。

老头把他送回南院的住处。那是一栋二层的别墅，只住他一

0

个人。

他躺在床上，躺在黑暗中，感到前所未有的孤独。究其原因，他想，是因为之前一直有西门好奇相伴左右，后来，又有尤齐美突然闯入，让他忘记了，这份孤独才是世界本来的模样。

而他现在要寻找的真相，应该就藏匿在这份孤独之中。

0

第 八 章

张小飞

1

直升机飞越市中心，降落在一座操场中央，早已有六辆汽车等在跑道上。孙局长扶着张小飞上了一辆，我和关助理坐上另一辆。出了操场，他们向右转，我们向左。走了不到五分钟，汽车停在一处好像仓库的房子前面。我随着关助理下车，由五名士兵保护着走到门前，关助理拿出钥匙打开房门。

　　"你暂时就住在这。"他匆匆向里面扫了一眼，"有什么要求就跟他们说，他们会尽力满足你。"

　　"我想要一本《哈姆雷特》。"

　　"马上给你送来。"

　　在我们说话的时候，从右边的路上开过来十多辆黑色 SUV，围住仓库，每辆车里下来四名荷枪实弹的士兵，在汽车的四角朝四个方向站好。虽然孙局长说了要加强对我的保护，可如此兴师动众，着实令人不安。

　　"感觉我好像成了大人物。"我装模作样地向士兵们挥挥手。

　　"他们只是负责保护你，并不会听从你的命令。"关助理似乎并没有看出我是在自嘲。

　　"好吧。"我装作很失望，撇撇嘴，"如果没有别的事情，我就进去了。"

　　"你知道。"他看了看我，又微微仰头瞄了一眼黑漆漆的天空，又看回我，"我们的工作要求我们不能感情用事，可能很多

1

人认为是感情让人类与众不同，可是对于超级人工智能来说，人类的感情可能根本不值一提。"他的语速很快，好像每一个字都很烫嘴。

"我明白。"有些人表面热情，但内心冷酷；有些人总是面无表情，心里却火热温暖，"不管怎么样，我希望我们是朋友。"

他眼睛里亮晶晶的，点点头，抿了抿嘴，好像想笑，但没笑。

我进到房内，开了灯，关上门。

看了里面，我更加确信这所房子原来是仓库。四四方方一个大房间，没有任何隔墙，只在右侧底角用毛玻璃造出一个浴室和卫生间。但现在作为居住的安全屋，功能区划分也很明显。右边是休息区，有床和衣柜。中间是休闲区，摆着沙发、电视和书架，还有跑步机。左边是饮食区，有小吧台、灶台、冰箱、酒柜、胶囊咖啡机、餐桌等。总之，日常生活需要的东西应有尽有。我打开电视，调到新闻台，一边看一边冲咖啡。新闻中正在报道堵车的情况，但对"咳嗽"的暴发只字未提。

咖啡刚冲好，有人敲门，开门一看，是位士兵，递给我一本精装英汉双语版的《哈姆雷特》，外加一部《中国古诗词大全》。

我一边喝咖啡一边翻看《中国古诗词大全》，找到那首《我侬词》，逐字逐句地"检查"作者介绍和背景故事，又看了注释，并没有启发新想法。之后，又冲了一杯咖啡，开始看《哈姆雷特》。初中的时候就读过，高中时又读过一遍，两次的观感都是不喜欢，感觉哈姆雷特有点娘娘腔，太优柔寡断。上大学，被我丈夫带着，看了英文原版，更不喜欢了，哈姆雷特的复仇根本不符合程序正义嘛。我丈夫说，这么评价一部文学作品是荒谬的。我反驳说，有一千个读者就有一千个哈姆雷特，所以，无论我怎

1

么想，哈姆雷特不在意，莎士比亚也不在意。作为普通读者，我只要坚持自己的观感就是对的。如此想来，我丈夫会不会也记着这些事情呢？那样的话，选择哈姆雷特的名言作为留言是不是也隐藏着这样一种暗示，要我坚持自己对两条留言的解读？我又想到，之前盲神曾转达过我丈夫对我的提示，要我相信自己的直觉。可是，如果像孙局长说的那样，盲神一直在利用我呢？这里面还有一个问题，如果盲神让我相信自己的直觉，是利用我，是想让我坚持现在对于这两条留言的解读，那么，它就必须提前知道我会如何解读这两条留言，它又是怎么做到的呢？它能做到吗？我认为不能，但更需要专家的意见。

我放下书，打给吉吉，却被告知对方已关机。我又想到张小飞关于咳嗽与吸烟有必然联系的猜测，吉吉吸烟很凶的，不会也出现了咳嗽的症状晕倒了吧？我赶紧写下吉吉的地址和手机号码，交给门口的警卫，请他们找人帮我去吉吉家查看情况。

我想继续看书，但根本静不下心，又想到了周东生，顾及他可能在和孙局长开会，便给他发了条信息，告诉他如果可能的话抽时间过来看我。然后到跑步机上跑了四十分钟。查看手机，周东生并没有回复我。洗完澡，看了一会儿电视，找遍了所有新闻频道，还是没有关于"咳嗽"的报道。关掉电视，尝试看书，仍旧无法集中精神。粗略算了一下，已经过去两个半小时了，为什么吉吉那边还没有消息？周东生也没有回信？问门外的警卫，他们什么也不知道，只是态度诚恳地告诉我请耐心等待。可是，我已经没有耐心了，又给吉吉打过去，还是关机。我拿着手机，犹豫着是继续给周东生发信息，还是直接打电话，手机突然响了，显示是孙局长。

1

"喂，孙局长。"

他并没有立刻说话，短暂的沉默给我一种他打错电话的感觉。

"吉吉和我们在一起，你放心吧。"他的声音沙哑低沉，就像用了变声器。

"你们怎么会在一起呢？"我颇为惊讶。

"周东生死了。"

"周东生死了？"

"我现在就过去找你。我要求你在我到达之前调整好情绪，我们已经没有时间浪费在个人感情上了。"

他挂了电话。

想了好一会儿我才明白他最后一句话的意思，可是，我为什么要调整情绪呢？我又不难过。我只是感觉累了，想安静地坐一会儿。

我坐到沙发上，翻开《哈姆雷特》，看了几行，眼前变得模糊，有水珠滴在书页上。我真的不难过。只是失望，对我自己。下午我们在机场，分别的时候，因为着急去医院见"王后"，我甚至没来得及和周东生道别。坐进车里，我才注意到，他正面带微笑，站在旁边向我挥手。

孙局长到的时候，我的眼泪已经干了。

只有他一个人，进来之后直奔冰箱，拿了瓶水，一口气喝掉三分之一，然后坐到我对面，拿出他的平板电脑，放到一边。又拿出一把手枪，放到另一边。

"我们开始吧。"几小时不见，他好像瘦了，眼窝也深了。双眸不停地微微闪动，仿佛是大脑极速运转的警示灯。

"好。"我心若止水。

1

"我先说一下现在的情况。"他又喝了一口水，"为了节省时间，我就直接说结论了。在张小飞的体内发现了纳米机器人。随机检查了其他咳嗽病例，结果一样。这些人有一个共同点，都吸烟。又检查了几个不吸烟的人，包括我，体内是干净的。空气中暂时还没有发现纳米机器人，但这说明不了任何问题。"

"香烟呢？"

"我正要说，香烟里有。但还不能确定是唯一的源头。还有，"咳嗽"的暴发是全球性的。初步统计，目前全世界有 800 万人感染，人数还在飞速增加。如果按照现在这个速度，大约 24 小时之后，感染的人数将达到 12 亿，差不多是所有的烟民。但前提是，只感染烟民。总之，最终的结论是，超级人工智能已经突破限制，正在以它的标准修正人类的行为，重新定义世界。"

"你的意思是，它正在帮助人类戒烟？"

"不排除这种可能。可怕吧，别的不说，12 亿人同时咳嗽，那得吵成什么样？"他居然还保有幽默感，让人意外。

"我们有什么对策吗？"

"只能戴耳塞了，还能怎么样？"他笑着摆摆手，"开玩笑的。如果你是想问，有没有办法把纳米机器人从他们的体内弄出来，我的回答是几个人，可以。12 亿？不可能。而且，就算几个人，现在也有难度，纳米机器人是全新的类型。"

"关于超级人工智能呢？有什么进展？"

"在周东生的体内发现了同类型的纳米机器人。"

"是杀人灭口？他发现了什么线索？"我的心里一阵绞痛。

"开始的时候，我们也是这么想的。"

"开始的时候？现在呢？"

"因为盲神二代的关系，我们也检查了你丈夫体内的纳米机

1

器人……"他看着我，期待我替他说下去。

"也是一样的？"

他点头。

"所以，你们认为盲神就是那个超级人工智能？"

他摇头。

"给你看一段录像。"

他打开平板电脑，推给我。

屏幕上显示的是吉吉的上半身。她低着头，脸色青紫，眼睛红肿，头发乱蓬蓬的。就算隔着屏幕，我也能感觉到她身上绝望的气息。

"她这是怎么了？"

"看了就知道了。"

我点下播放键。前十秒钟，她一动不动。孙局长的声音从画面外传进来："说吧，不要浪费时间了。"又过了两秒钟，吉吉抹了抹脸，弄了弄头发，抬起头。她狠命地咬着下嘴唇，眼睛里波光流动，又僵持了几秒钟，等眼中的泪光消退，她才开口说话。

"老板娘，我要告诉你几件事情。第一件事，我爱上了周东生。我一直在帮他监视老板的一举一动，包括，但不限于老板的研究。第二件事，根本没有盲神二代。所谓的盲神二代，是周东生交给我的。他说他不想让你放弃唤醒老板的希望。第三件，下午，我一直联系不上周东生，下班之后，便去他家找他。我到的时候，他坐在电脑前，已经陷入了昏迷，但还活着。他面前的计算机正在运行一种诡异又熟悉的算法，并上传了庞大的数据。我试图阻止它，但是我做不到。我甚至无法切断它的电源。"她低下头，额头上的血管渐渐暴起来。过了半分钟，她抬起头，一滴眼泪从脸颊上滑过，"我不敢肯定，那个算法与周东生的死有关。

但我看见了，也感觉到，计算和上传完成的那一刻，周东生停止了心跳。我想复制那个算法和数据，但对方比我快太多，瞬间便烧毁了计算机。我有记住算法的零星片段，后来稍微冷静，才反应过来，那个算法与黑洞算法极其相似。第四件事……"她吞了一口吐沫，眼中水雾荡漾，"承认这一点真的很难，但我心里一直都明白，周东生并不爱我。最可悲的是，我竟然为了一个不爱我的男人，欺骗了最爱我的两个人，对不起。"终于，她咧开嘴，不管不顾地哭出来。

视频结束。

我并不怪她，我丈夫知道了，也不会怪她。就在那次我们去法国接她的路上，他曾经对我说：为了爱情的欺骗不算欺骗。

但我也确实感到难过，一种由死亡和失恋激发的，驱使人一心想要逃离的难过。我所知道的，对付这种难过的最好办法就是搂着我丈夫睡一大觉，而这种办法，现在只会让我更加难过。

"你有什么想法？"孙局长收回平板电脑。

"导致'咳嗽'暴发，杀死周东生，和我丈夫体内的纳米机器人是一样的。我丈夫体内的纳米机器人来自盲神二代，来自周东生。也就是说，周东生和这个超级人工智能有关？"

"继续。"

"吉吉提到的算法，你们有追查到什么吗？"

"没有。"

"你知道黑洞算法吗？"

"知道。"

"在算法方面，我相信吉吉的判断力。既然她说与黑洞算法极其相似，我觉得很有可能是改进之后的黑洞算法。同时有大量

1

数据上传，我猜，最有可能的情况是，上传的是周东生的大脑。这里又有两种可能，一种是被动上传，一种是主动上传。你们更倾向于哪一种？"

"我们没有倾向，两种可能都要考虑。如果是被动上传，有可能像你之前说的，他发现了重要的线索，所以要杀他灭口。上传他的大脑也是以防万一，如果他给我们留下了线索，超级人工智能也可以及时消除。关于纳米机器人，也可以解释为，它将周东生的产品当作是现成的工具。假设，我刚才说的都是对的，那么对于我们有一个重大利好。它杀死周东生，说明它害怕，也就说明它还受到限制。但也有一个问题，纳米机器人早就存在于你丈夫的体内，你丈夫留下了那么多线索，为什么既不杀他，也不上传他的大脑呢？"

"因为有另外一个超级人工智能在保护我丈夫。"

"你丈夫创造了两个超级人工智能，一个好，一个坏，让它们左右互搏？"

"为什么总是我丈夫？"我盯着他的眼睛问。

他迎着我的目光。

"因为你丈夫是我见过的最伟大的天才。"

他只是说出了事实，我并不领情。

"你们早就认识？"

"我们邀请他很多次，做我们的顾问，他都拒绝了。"

"所以，你们就针对他？"

"当然没有。"他站起来，走到吧台边，倒了一杯咖啡，"我已经说过了，我们不能放过任何可能。"

"可是，你们的想象力太差，阻碍你们想到更多的可能。"

我跟过去。

"所以，我们才来找你。"他帮我也倒了一杯。

"我总是凭直觉，也不要紧？"

"不要紧。"

"我更倾向于认为，周东生主动上传了自己的大脑。"

"是直觉？"

"不光是直觉，也有理由。你们一直认为我丈夫创造了一个超级人工智能，这个超级人工智能的原型是宫敏敏的大脑，对吧？"

"为什么？"他放下马克杯，疑惑地看我。

"他没告诉你们？"

"谁？"

"周东生。"

"请说得详细点。"

"让我想想怎么说……就从头说吧，宫敏敏是周东生的妻子，这你知道吧？"

"知道。"

"我们，我和我丈夫，周东生和宫敏敏，是好朋友，也知道吧？"

"四巨头嘛，知道。"

"后来，宫敏敏去世后，我丈夫和周东生闹掰了，原因你清楚吗？"

"理念不同，大概了解。"

"他们分开之后，周东生一直监视我丈夫的研究，利用了吉吉的爱情，这一点刚才吉吉也说了。再后来，我丈夫出了车祸，你们收走了盲神系统。之后，周东生找到我，告诉我，你们在调查的超级人工智能很可能是我丈夫创造的，原型是敏敏姐的大脑。"

1

"为什么要用宫敏敏的大脑？"

"因为他们彼此相爱，他想复活她。"

"你丈夫和他妻子？"

"我也不相信。当时他还给我看了一张他们接吻的合照，算是证据。但实际上，他骗了我。现在我才明白，以敏敏姐的大脑为原型创造超级人工智能的不是我丈夫，而是他。"

"理由是什么？"

"你怎么不明白呢？他爱她，他把全世界都献给了她，包括他自己。他上传了自己的大脑和生命，他成了她永恒的一部分，他们永远在一起了。"我爱他们，也恨他们，为他们高兴，又为他们难过。如果我所想的都是真的，也就意味着是他们策划了我丈夫的车祸，这一点，我绝对无法原谅。

他喝了一口咖啡，思考了一会儿。

"我还有一个问题，他为什么要骗你？为了骗你，泄露了这么重要的信息，他的目的是什么？"

"他的目的是彻底解放敏敏姐的'超级大脑'。别忘了，那时候我正在使用盲神二代，这些信息可以刺激我，也就可以刺激我丈夫，也就更有利于他用盲神二代在我丈夫的大脑里寻找关于制约的线索。"

"也就是说，很有可能，我们在水母岛上并不是打开了限制，而是关闭了限制。派人阻止我们是为了制造一种它害怕水母岛被启动的假象。"他用力搓了搓脸。

"有这种可能性，但我认为很小。"

"好吧，先不管这些。我们总结一下刚才讨论的内容。"他拿着咖啡，开始来回踱步，"现在的大前提是，世界上至少存在一个超级人工智能，宫敏敏的大脑是它的原型。关于它的创造者，有两种可能，一种可能是你丈夫。如果是他，说明周东生是因为发现了线索，被灭口，是被动上传。为什么你丈夫没有被杀或者上传呢？因为还有另外一个超级人工智能保护他。留在雷克雅那里的线索也印证了这一点。"他稍作停顿，扭头看我。

"嗯哼。"我并不是完全同意，含糊地应了一声。

他走到沙发旁，又走回来。

"还有一种可能，创造者是周东生，他策划了车祸，安排了盲神二代，和我们一起去了水母岛，目的只有一个，解除对超级人工智能的限制，而现在，"咳嗽"大爆发，他又主动上传了自己的大脑，也就可以说明，限制已经解除了。就算之前存在两个超级人工智能，现在也只剩下一个了。"他又停住看我。

"说完了？"

"说完了。"

"这两个结论我都不太同意。"

"是吗？"他并不意外，站到我对面，又给自己倒上一杯咖啡。

"你忽略了一个问题，以敏敏姐大脑为原型这件事，周东生并没有告诉你们，为什么？"

"我只是想到了另外一种可能。我说的这两个结论，前提是，以宫敏敏大脑为原型这件事是真的。"

"你的意思我有可能说谎？"我的脸上一阵阵发热，这种情况下，还被同伴怀疑，是我经历过的最大屈辱。

"我不知道，如果超级人工智能答应你，只要你帮它说谎，它就唤醒你丈夫，你会不会同意？"

"会，毫不犹豫。"我回答，"所以，我能理解周东生的感受，因为我们是一类人，为了爱什么都可以做。"

他摸摸头顶，苦笑了一下。

"我也想成为你们这样的人，可是我不行。"他的语气好像无奈，又似讽刺，两者我都不在乎。

"还是说回正题吧。法律上讲，疑罪从无，你暂且先认为我没说谎，可以吗？"我脸上的热潮已经退去，心里也不再觉得委屈。

"当然。你继续说。"

"哦，对了。"我突然想起来，"虽然这一点并不能完全证明我没说谎，但可以作为参考。敏敏姐死于肺癌。她痛恨吸烟。吸烟者才会咳嗽。她还痛恨恐怖主义。如果有相关消息，你也可以作为参考。"

"明白了。说回正题吧。"

"好。假设，我没有说谎，那么只剩下一种可能，周东生以敏敏姐的大脑为原型创造了一个超级人工智能，我们称之为老虎。我丈夫的超级人工智能则是虎笼。你认为，我们在水母岛上的行动是解除了老虎的限制，我也不完全反对，但这并不能说明，虎笼已经毁了，老虎就已经失控了。我丈夫待人有一个原则，绝不会一棍子把人打死，他总是希望给每个人更多的机会去证明自己。如果你不相信，可以去问吉吉。"

"我相信。"

"由此，我理解，对于老虎，他肯定也会秉持这个原则。也就是说，在水母岛上，我们可能确实解开了对老虎的某个制约，那是为了验证老虎的好坏。现在证明是坏的，我们便可以按照那两条线索，约束或者干脆消除老虎。"

"关于那两条线索，你有什么新想法吗？"

"《我侬词》，我还是那么想的，代表两个超级人工智能，老虎和虎笼相互融合。To be or not to be，有这种可能，是在暗示我丈夫现在处于一种类似 to be or not to be 的状态，醒来或者死去，是一

1

个问题。我丈夫醒来，也就唤醒了虎笼，也就恢复了虎笼对老虎的制约。"我也是灵机一动想到了这些。我承认有私心，但更相信这是唯一正确的做法，"这也是他们当初策划车祸，想要杀死我丈夫的原因。所以，我们现在要做的就是唤醒我丈夫。"

他呷了一口咖啡，在嘴里含了几秒钟，才咽下去。

"这也是一种可能。我同意了，允许你们重新使用盲神系统。"

"谢谢。"我忍不住加入了讽刺的语气。如果坚持使用盲神系统，我丈夫可能早醒了，情况也就不会像现在这么糟糕了。

他有点不好意思，连喝了两口咖啡。

"但是呢……"他的神态恢复严肃，"还有一些情况，我需要和你说明。"他好像站累了，坐回到沙发上，"你也坐吧？"

"没事，无论什么情况，你只管说，我都禁得住。"

"你不用紧张，不算是坏事。"他挠了挠脑瓜顶。我因为站着，看得很清楚，他挠得地方有一个小疙瘩，已经挠破了。

"别挠啦，已经流血了，小心感染。"

他像被妈妈教育的小孩子，顺从地放下手。

"说吧，到底什么情况？"我催他。

"这么说吧，现在是特殊时期，你和你丈夫又这么重要，所以，我们要分开保护你们。"

"盲神系统可以远程使用吗？"

"我还不清楚，不过，这个不用担心，有技术人员负责。"

"我有个要求，你们要让我随时随地能看到我丈夫。"

"没问题，但有一个前提。"

"什么前提？"

"我说过很多次，我们要考虑所有的可能，所以，我们还是要调查你和你丈夫，而所有的调查和研究都不必经过你们的允许。"

1

"如果我不同意呢？"

他无奈地摇了摇头。

"但要事先通知我，尤其是针对我丈夫的。"分开保护，其实也就意味着他们可以不经过我的同意随意处置他，我也只能在妥协中争取最大的权益。

"只能以我个人的名义向你保证，我会尽力。"

"谢谢。"这一次是真的感谢。

他收起平板电脑和手枪，一口喝掉剩下的咖啡。

"真没想到这个地方的咖啡会这么好。"他靠到沙发上伸了伸懒腰。

"再来一杯？"

"不能再喝了，心脏不行。医生禁止我喝，但今天特别想喝。"

"是因为有种世界末日的感觉？今天不喝以后可能喝不到了？"我也坐下。

"我怎么会有那种感觉。"他笑着摇摇头，"只是想起了我女儿，她经营一家咖啡馆，我却从来没去过。"他的目光变得柔和。

"你这个爸爸可不怎么样啊？"

"是啊。"

"你女儿的咖啡馆叫什么？"

"懒猫吧。"

"懒猫咖啡馆？"名字听起来有点熟悉。

"就叫懒猫。"他的重音落在"吧"字上，"名字还是我起的。她打电话问我意见，我随口说，要不就叫懒猫吧，结果就真的叫懒猫吧。她小的时候，我总是喊她小懒猫。"

原来是懒猫吧，怪不得这么耳熟。

1   "你女儿的咖啡馆是不是在莲花路上？"

他想了想。

"好像是。"

"她是不是养了一只蓝猫，特别肥，总是气呼呼的？"

"你怎么知道？"他惊奇地看着我。

"就在我家附近，我们是那的常客。"

他笑了，脸上堆满了开心的褶子。

"这么巧？"

"是啊。"

"她的咖啡怎么样？"

"棒极了。"

"那我就放心了。"

"和你比，我更喜欢你女儿。"

"我也是。"他拿起空杯子，又放下。脸上的褶子舒展开，笑意渐渐淡去。

"为了以后我们能坐在懒猫吧里聊天，我必须走了。"他站起来，"不过，还有最后一件事儿，我们最好不要再用手机了。以后有事你直接告诉警卫就行。"

"好，我再发最后一条信息。"

"发给谁？"

"周东生。"

他默默站到一边。

我拿出手机，点开信息界面，点下周东生的头像，按下语音信息发送键：周东生，我知道你能听到，我只想告诉你，我们爱你，也恨你，再见。

我把手机交给孙局长，送他到门口，与他拥抱告别。突然，手机响了一声，是信息提示音。他皱着眉头，拿出手机还给我。我打开一看，就在刚才发出的那条信息下面，赫然有两个字：再见。

也许这两个字的背后隐藏着无限的信息，但对于我而言，最有意义的一点是了却了人生的一个遗憾。

"这个问题还是交给你们吧。"

孙局长不动声色地收起手机。

孙局长走后，我的心绪出奇的平静，想到可以使用真正的盲神系统唤醒我丈夫，感觉像是吞下了一粒微小的幸福。虽然已经是凌晨两点多，却也不困，便接着读《哈姆雷特》。出乎我意料的是，这一次竟然有了代入感，读到奥菲莉亚死去，鼻子忍不住发酸，后背泛起凉意，仿佛我的指尖触碰到了她冰冷潮湿的身体。紧随其后，是一股强烈的厌恶感，和毫无来由的恐惧。我受够了，无论是现实中，还是书里的死亡。我合上书，找来找去，最后把它放在微波炉里，才稍微安心。

为了消除心底苔藓一样的恐惧感，我又看了一会儿电视，那里仿佛另外一个世界，没有超级人工智能，没有真情实感，也没有死亡，只有无聊的广告、购物节目和电视剧，相比之下，体育频道最贴近现实，看了一会儿足球赛，睡意终于降临，我赶紧抓住它的后腿，爬上床，睡了过去。

关助理来得很早，我迷迷糊糊地起来接待他。他带了两名工作人员，在电视旁边又装了一块屏幕，从墙上的转接盒连了数据线。他解释说，我和我丈夫房间的信号传输是单独的一条线，而且是有线传送，可以有效地防止监视和篡改数据。简单调试之后，屏幕上出现了一个和我这边一模一样的房间，我丈夫躺在房间中央的床上。看到他的睡相，我才完全清醒。

1

工作人员干完活就离开了。我冲了咖啡，给关助理也倒上一杯。他一边喝咖啡，一边教我用遥控器操控我丈夫房间里的摄像头。

"这个红键是报警键，如果你发现有异常，按下这个键，外面的警卫就会进来查看情况。"

"可以试试吗？"

"可以。"

我按下红键，房间里响起嘟——嘟——嘟的警报声，马上，六名警卫冲进房间。遥控器上有麦克风，我打开开关，告诉他们是演习。他们又退了出去。

"基本就是这些，还有什么要求吗？"他一副急于要走的样子。

"盲神系统怎么样了？"我更关心这件事。

他并没有立刻回答，而是喝了一口咖啡。

我意识到情况不妙。

"盲神系统崩溃了。技术人员正在抢修。"

"什么时候能修好？"

"不确定。"

我略感失望，但同时也更加坚定了自己的判断。盲神系统的崩溃说明它害怕我丈夫醒来。

"如果修不好呢？"

"医生建议，给他多听音乐，你最好多多和他说话。也安排了专业按摩师给他按摩。目前能做的只有这些。"

"他最喜欢耶胡迪·梅纽因，我们家里有他的全套专辑，在书房里。"我找出家里的钥匙递给他，"还有，麻烦你派人把书房里的侦探推理小说全部搬过来，我想念给他听。他是推理小说迷。还有，带些我的衣服。"

1

送走关助理，我洗漱一番，简单吃了早餐，然后便坐到沙发上给他讲我们在水母岛的经历。说到我们离开水母岛的时候，一个护士走进他的房间。很快，他的房间里响起了小提琴婉转悠扬的旋律。我也说累了，静静地陪着他听音乐。

过了一会儿，警卫送来了他的小说，一共四箱，外加我的一箱衣服。

我挑了一本《伺机下手的贼》，从头念给他听。

10 点整，两位按摩师走进他的房间，开始给他按摩。我打开电视。因为没有网络，已经被时代遗弃一半的电视竟然成了我接收外界信息的唯一窗口。这一次，所有的电视台都在播放关于"咳嗽"的新闻。据不完全统计，全世界有 6 亿 8 千万人感染了"咳嗽"，患者人数还在增长，各国的医院均已瘫痪；目前引起"咳嗽"的原因还不明确；全球股市停盘，航班停飞，企业停工，学校停课；俄罗斯有关方面认为"咳嗽"是由美国释放的新型病毒所引起，总统宣布全国进入战备状态；美国方面予以否认，并调动航空母舰，以应对俄方可能做出的不冷静行为；中方呼吁美俄要克制，称已发现引发"咳嗽"暴发的重要线索，将适时公布；世界各地均发生暴乱，欧洲最为严重；日本科学家宣称"咳嗽"很可能是由超级人工智能所引起；多个恐怖组织发表声明，因为主要头目一夜之间相继暴毙，成员多染抽搐怪病，故此向联合国请求人道主义救援；科学真理教宣称他们的真神已降临，世界正进入新纪元……

按摩结束，我关了电视，继续给他念小说。

我也是看新闻的时候才明白，混乱只是暂时的，它终究会以救世主的身份出现在世人面前，那时候世界将恢复绝对的秩序，人类别无选择，只能以自由为代价换取未来。

"我给你念小说，竟然是为了人类的自由和未来，有点伟大哈？"也许是习惯了使用盲神，我忍不住在脑袋里和他对话，"你饿了吗？我有点饿了。"

我懒得自己做，叫警卫帮我准备午饭。大约过了半小时，有人敲门，我以为是送餐来了，开门一看，竟然是张小飞。

"你怎么来了？"

"怎么啦？不欢迎？"他好像完全恢复了健康，嘴角挂着不耐烦的微笑。

"欢迎，当然欢迎，快请进。"虽然才十几小时不见，却感觉像是久别重逢。

他的身后跟着一位士兵，拎着一个大保温箱。我接过来，拿到餐桌旁。

"你怎么过来的？"

"坐车。"

"我的意思是，我这个地方不是应该保密吗？"

"我是自己人，保什么密啊。"

他和我一起把饭菜拿出来，摆了满满一桌子。

"这也太多了吧。有没有你不爱吃的？放冰箱里，留着我晚上吃。"

"没有，都是我爱吃的。这都什么时候了，还想着浪费不浪费。"他白了我一眼，递给我一个纸袋，"正宗保定驴肉火烧。我的最爱。"

我咬了一口，确实很香。

"你的咳嗽怎么样了？"我边吃边问。

"要拿我做实验嘛，就先把我体内的纳米机器人取出去了。暂时只要不吸烟，应该就不会咳嗽了。"他放下火烧，从兜里掏出一包软中华和一个旧的 Zippo 打火机递给我，"先给你，怕我一会儿忘了。"

"给我这些干吗？"

"先替我保管，弄不好以后会是稀有物品。"

"为什么让我替你保管？"

"也许以后会有大禁烟运动呢？你这里是秘密基地，没人会搜查。"

"你是不是有什么内部消息要告诉我？"我感觉他话里有话。

"怎么可能？我知道得还没你多。"

"你来找我就是为了藏这包烟和打火机？"

"还有这顿饭。"

"没了？"

"有，吃完再说。"

他一直吃个不停，嘴里塞满了食物，说话也含糊不清。我也就不问了。

吃完饭，在他的要求下，我又泡了茶。

"现在可以说了吧？"我倒好茶，也坐到沙发上。

"其实也没什么要紧的，就是有几件事一直想不明白，想你和聊聊。"他端起茶，试了试，嫌热，又放下。

"说吧，我听着呢。"

他装腔作势地清了清嗓子。

"金源，还记得吧？开车撞陈榆的司机。"他直呼我丈夫的名字，给我一种奇怪的感觉，好像他在觊觎我丈夫的什么东西，

1

246

但我又不好纠正他，显得我太矫情。

"他怎么了？"

"你说他开车撞陈榆的目的是什么？"

"这还有什么疑问吗？"

"或者，这么问吧。背后指使他的人是这个超级人工智能，对吧？"

"对。"

"那么，它给他下达的任务是什么呢？"他一直盯着屏幕上的我丈夫。

"你直接说吧。"我不觉得这个问题有什么意义，所以有点不耐烦。

"我也是上午才想到，它下达的任务有三种可能。第一种，撞死陈榆。第二种，撞陈榆的车，找到那把粉色的钥匙。第三种，按照它的要求开车。"他瞟了我一眼，见我没有说话的意愿，继续说，"监控录像显示，撞车之后，他有去陈榆的车上查看，好像是在找东西。可是鉴于粉色钥匙还在，基本排除了第二种可能，找东西只是做样子。那么，就还剩下第一种和第三种可能。"

"第三种可能是什么意思？我不太懂，你给我解释解释。"

"简单说，就是它想把陈榆撞成植物人。"

"为什么？"我更不懂了。

"我也不知道，所以才找你聊嘛。"他好像做了亏心事，只敢偷看我。

我感觉又好气又好笑。

"还有别的事吗？"

"有。"他赶紧接话，生怕我不让他说了，"我和你说过吧，我对人工智能没兴趣，只对人有兴趣。"

1

"说过。"

"陈榆很爱你，对不对？"

"和你有什么关系？"

"你别急嘛。就是瞎聊天嘛。"他笑嘻嘻地看我。

"没错，他很爱我，我也很爱他，我们感情很好。"我用生硬的语气暗示他我并不想聊这些私人话题。

"我和我前妻的感情就不大好。"他端起茶杯，吹了吹，喝了一口。我完全没想到他会把话题转到自己的感情问题，一时不知道怎么接话，只好默默地喝了口茶。他并不在意我的尴尬，继续说，"我们离婚两年了，有一个女儿，小名叫小山竹，她妈爱吃山竹，今年七岁，和我也算不上亲密。我猜她可能更喜欢她的后爸。当然了，我知道，问题出在我身上。一定程度上，我是挺失败的一个人。"

"你能这么想，说明你还有救。"我说的是真心话。

"这些不是重点。重点是，假设，现在，我能发明一个超级人工智能，它能保护两个人，我会让它保护她们娘俩。"

他突然又说回超级人工智能，这引起了我的警觉。从他进门，我就感觉有点怪，现在更加怀疑，他并不是来和我吃饭的，也是不藏烟，而是另有目的。孙局长说过，要对我和我丈夫进行研究和测试，也许，这就是他来的目的。有些话不能直说，所以他一直在试探我，暗示我？

"为什么和我说这些？"

"你干吗这么紧张？"他的惊讶在我看来有很大的表演成分。

"是孙局长派你来的，对不对？"我站起来，走到电视旁边，面对着他，以便更好地观察他的反应。

"没人派我来，是我自己要来的。来看看朋友，不行吗？"

1

"你刚才说的那些话是什么意思？不要绕来绕去的，你不嫌烦，我还嫌烦呢。"

"是你想太多了，也怪我表达得不好，我就是想说，对于前妻和我女儿，我感觉很愧疚。"虽然他的态度很诚恳，手上也没有多余的动作，不像是在说谎，但这些并不足以打消我的疑虑。

"不是，你是想说，我丈夫创造的超级人工智能在保护我？为什么这么说？"

"随便你怎么想吧。"他站起来，"我要走了。"他的脸很红，好像受了很大的委屈。

我又动摇了，真是我想多了？

"如果我错怪你了，请你原谅我。"我倒了杯茶，递给他。

"干吗弄得这么正式。"他苦笑着，接过茶，一饮而尽。

"我还没说完呢。如果你知道什么，请直截了当地告诉我，不要绕圈子。现在也不是绕圈子的时候。"

我盯着他的眼睛，他的目光并没有躲闪。

"我确实有一件事想告诉你。"

"那就说吧。"

他好像很紧张，扭头看了看屏幕，抬手摸了摸眉心，又看了看我，露出一个苦涩的笑容。

"其实也没什么，我走了。"

他转身大踏步走向门口。

我小跑几步追上去，拉住他。

"算我求你，告诉我吧。"

"我爱你。"他停住脚步，并没有回头。

我感觉手上烫了一下，赶紧松开。

他打开门，外面的阳光格外刺眼。他走出去，关上门。

1

我的大脑空白了三四秒，接着开始加速运转。他说谎？也许是真的，但不管怎么样，这三个字都是他隐瞒真相的借口。真相是什么呢？他有暗示我吗？他都说了什么？第三种可能，它就是想把陈榆撞成植物人。为什么？To be or not to be？选择，植物人不能自己做出选择，生则可以选择死，死？它不想让我丈夫死？我丈夫创造的超级人工智能在保护我，他没有任何保护？哈姆雷特最后死了。死亡……昨晚看书时产生的那种厌恶和恐惧再一次笼罩住我的全身。难道，他们认为杀死我丈夫才是结束这一切的方法？这就是张小飞想告诉我的真相？

　　我跟跄着冲出门外，他已经坐上了汽车，头靠在椅背上，双手捂着眼睛，好像在哭泣。我想追过去。警卫拦住我，向我摇摇头。

　　汽车疾驰而去。

　　"我要见孙局长，马上。"我对警卫大喊。

　　警卫向我敬礼，回答说，这就去办。

1

你闻到了吗，
空气中有一种世界末日的味道

算上陈榆，疗养院里共有 10 位病人。

　　有一位患有社交恐惧症的大个子，与另一个叫张小飞的男人形影不离。张小飞和陈榆是邻居，人很热情，两人很快就熟络了。张小飞给陈榆介绍，大个子叫关圣山，是他的保镖。

　　"你为什么需要保镖呢？"陈榆问他。

　　"因为我来自另一个世界，需要人保护我。"张小飞十分认真地回答。

　　"这么说，你是外星人？"陈榆并没有讽刺的意思，单纯地好奇。

　　"不是。只是另一个世界。和这个世界很像。如果说是平行世界，也不能算错。"

　　"你为什么会来到这儿呢？"

　　"我来找一个人，我的那个世界就快毁灭了，只有我要找的这个人才能拯救它。"

　　陈榆想到了自己。

　　"你要找的人是谁？"

　　张小飞有点沮丧地摇了摇头。

　　"说实话，我只知道要找一个人，至于这个人是谁，有什么特征，我完全不知道。"

　　"一点线索也没有？"

0

"暂时还没有。"

"那你要怎么找呢？"

"总会有办法。也不排除有人会主动联系我。"

陈榆觉得，他可能真是一位病人，便结束了这个话题。

剩下的几位都很安静，不爱说话，只在吃饭的时候见过面，互相点点头就过去了。陈榆始终记不住他们的样子。三天之后，尤齐美来看他，他甚至还说不出他们是男是女。

尤齐美到得很早，也就是天刚亮的样子。她解释说，一方面是为了更早见到他，一方面是不堵车。她带了很多东西，吃穿用，甚至还带了一袋卫生纸。陈榆劝她以后什么也不要带，怪重的，疗养院里什么都有。只要她人来就好了。

"当然要带了。"尤齐美争辩，"我要让你随时看到我买的东西，用我买的东西，吃我买的东西，好让你随时想着我，包括上厕所的时候，不然你把我忘了怎么办？"

一整天，他们都待在房间里，尤齐美给他讲过去几天里发生的各类小事：学校的事、寝室的事、爱美宾馆的事，就连前天晚上她吃什么饭也都讲给他听。他也愿意听，他发现，自己突然变得很贪婪，贪婪地想了解她生活的所有细节，热爱她的生活，渴望成为其中的一部分。

天黑之后，尤齐美坐疗养院的最后一趟班车离开。

房间里只剩下他自己，他感觉心一下子就空了，坐立不安，恨不得马上追出去，把尤齐美留下，或者干脆跟她走。吃了药，他才平静下来，不久便感觉到困意，沉沉睡去。

0　　除了吃药，老头还会对他进行"话疗"。两天一次，天南海北地聊天。老头总是讲一些偷梁换柱的小故事，他再也没吐，算是很大进步。

比较而言，他更喜欢和张小飞聊天。张小飞会给他讲另一个世界的故事，说他在另一个世界里已经离婚了，现在的他对女人一点感觉都没有，无论是对那个世界的女人，还是这个世界的女人。同时，他还强调不仅是爱这方面，还有性的那方面。有几次，还说起那个世界毁灭的原因，涉及人工智能，他自己也讲不明白，陈榆更是听得一知半解。

"你结婚了吗？"他们也会聊陈榆的事情。

"还没有，但有女朋友。"

"那天一天没见你，是你女朋友来了吧？"张小飞坏笑着问。

"有机会介绍你们认识。"

"你们打算结婚吗？"

"还没说过，但我是想和她结婚的。"

"作为过来人，我劝你，还是要谨慎。"说这句话的时候，张小飞熟练地点上一支烟，"结婚之后，抽烟都会变得不自由。"

张小飞所谓的劝告反而起了反作用。现在，只要自己一个人，陈榆就会坐在卧室的窗口，望着疗养院北面不远处的小山，想象自己和尤齐美婚后的生活。要买一栋独门独户的房子，要养小动物，养猫还是养狗呢？还是让尤齐美决定吧。然后呢，一起出去玩，爬山，出海，潜水，周游世界。

当他和尤齐美说起这些，尤齐美指着北面的小山说，哪天你出院了，我们就先去爬那座山。

他想把尤齐美介绍给张小飞认识，尤齐美拒绝了。

0

"希望你不要介意，我并不想在这里交朋友。"

他并不介意。严格意义上，他自己也没有把张小飞看作是朋友。尽管很谈得来，但他总感觉自己和张小飞有说不清楚的隔阂，像是两个世界的人。这一点张小飞的感触应该会更深。有时候，他还会有更极端的想法，觉得自己不再需要朋友，有尤齐美就够了。虽然他对宫敏敏的灵消失了深感痛心，对盲神想要传递给他的信息充满好奇，对神秘力量感到莫名的惧怕，但他对自己是否能改变世界这一点越来越疑惑，甚至是恐慌。如果自己真的能改变世界，势必也会付出某种代价，做出某种牺牲。之前，他不认为这有什么问题，而现在，尤其是搂着尤齐美的时候，一想到如果代价与她有关，心里就痛如刀割。他悄悄地给自己设置了期限，一旦哪一天自己再也想不起宫敏敏与西门好奇的模样，他就当她们没有出现过，然后离开这里。

那之后，他养成一个习惯，每天睡觉前都要回想一遍宫敏敏和西门好奇的样子。他的心里很矛盾，总是左右摇摆。有时候想，他想要努力记住她们；有时候又想，还是赶紧忘记吧。不管他怎么想，回想的效果都是一样，就像拿湿抹布擦老照片，保持了干净，却也越来越模糊。直到有一天晚上，他发现无论自己再怎么用力回想，也记不起宫敏敏和西门好奇的任何面部特征。他很难过，觉得自己辜负了宫敏敏和西门好奇。同时，他又感到无比兴奋，有一种解脱感。他特意计算了一下时间，那正好是他住院的第 100 天。

第二天，尤齐美来看他。本来他想一见面就告诉她自己做好了出院的准备。见面之后，他改变了主意，想着等她晚上要离开的时候，给她一个惊喜。

0

上午对于他来说相当煎熬，几次想干脆说了吧，但最后关头还是忍住了。每忍住一次，辜负了宫敏敏和西门好奇的感觉就少一点。午睡之前，他想，如果能一觉睡到天黑就好了。

感觉没睡多久，突然，尤齐美惊坐起来，把他也吓醒了。

"怎么了？"他紧张地问。

"你闻见了吗？有烟味，好像着火了。"

尤齐美冲下床，拉开窗户，顿时，更大的烟味冲进房间。他跳到窗边，向外张望，看见浓烟伴火从西边滚滚而来，随风向东飘散。

他们穿上衣服，跑下楼，发现别墅前面的通道上站满了人。最西边的一栋别墅已经完全笼罩在大火中，火苗有五米多高，呼呼作响。勉强能算作好消息的是，天很阴，汹涌的黑云从西南方滚滚而来，稀稀拉拉的大雨点随风飘落。

在陈榆的印象里，那是大个子关圣山的住处。他向人群中张望，却不见大个子的身影。

"他在前面坐着呢，被人挡住了。"张小飞站在他房子前面的台阶上，大声和他说话。

"他没事吧？"

"应该没事。"张小飞一边说话，一边走过来。

"那就好。这就是我女朋友，尤齐美。这是张小飞。"陈榆为他们做介绍。

他们简单地打了个招呼，没再说话。

远处传来警铃声。雨点越来越密。大家各自散去。进屋前，陈榆又看了一眼火势。就是这一瞥，他仿佛在火光里看到一张模糊的人脸，虽然他已经记不清西门好奇的样子，但他感觉，那就

0

是她的脸。再眨眼，什么都不见了，只剩浓烟与烈火。他想，一定是幻觉，因为自认为愧对她们，所以才会产生这样的幻觉。

暴雨哗啦啦地落下来。几分钟后，消防车也赶到了。

"你看这里多危险，说着火就突然着火了。我看啊，你今天就跟我走吧。"尤齐美一边擦头发一边说。

"我考虑考虑。"他笑着回答，就好像真的在考虑。

其实，他已经做了决定，或者说更改了决定。这场大火多少有些蹊跷，又因为火中西门好奇的幻影，他决定再留一晚，弄清起火的原因，再离开。到时候，他将不带任何愧疚地离开。

吃完晚饭，他送她去北院的班车站。天已经晴了，月亮很大，刚从东边升起。

"你闻到了吗？空气中有一种世界末日的味道。"她皱着鼻子抬头闻了闻，又在他的衣服上嗅了嗅。

"别闻了，这么大的火，有毒气体倒是可能有。"

在通往北院的铁门前，他们又长吻了一次。

门卫为她开了门。她走到另一边，两人沿着网球场的铁丝网围墙平行向前走。她时不时地向他招手。"回去多喝水，空气不好，别开窗户，没事就不要出来了，知道吗？""知道。"他拉着长声回答。隔着铁丝网喊话，让他有一种两人分处两个世界的感觉。突然之间，离开这里的冲动如火山喷发一样直奔鼻腔，他也闻到了她所说的世界末日的味道。他在心里安慰自己，只是一个晚上而已。球场已经到了尽头，她又站下来，向他挥手："我大后天还会来，记得想我。"虽然看不清，但她肯定在笑。

"好。"想到自己明天可以去给她惊喜，他的心情又明朗起来。

看着她拐过综合楼，他才往回走。走了一半，他临时起意，拐向起火的别墅，并不是想找到什么，只是想看一眼。楼塌了一半，乱砖堆里，突然站出来一个高大的人影，吓了他一跳。

"谁？"他下意识地问。

对方没有回答。抱着一摞砖，转身向北面走去。

他看清了，是大个子关圣山。

出于好奇，他跟上去，一直走到围墙的最北面。那里贴着围墙已经整整齐齐地堆了很多砖。

"哥们儿，你是想'越狱'吗？"他和大个子开玩笑。

大个子并不理他，放好砖，转身走了。

他想也许问问张小飞才能知道大个子想干吗。敲张小飞的门，却没人回应。回到家里，他发现张小飞就坐在自己的客厅里，怀里抱着一床棉被。

"你干吗呢？"他既觉得诧异，又觉得好笑。

"准备准备，我们走吧。"张小飞的脸上没有任何表情。

"什么意思？"他糊涂了。

"你就是我要找的人。"

"啊？你怎么知道的？"

"因为你的女朋友，尤齐美，我看见她，就爱上了她。你放心，我不是来抢她的。"

"为什么？我不明白。"

"怎么说呢？爱其实是信号，就像打开了开关，接着我的脑袋里收到了一条信息，是一个自称盲神的家伙发来的。她让我来找你，带你去一个地方。"

0

"去哪？"

"还不知道，我们要先离开这里。"

这就是他今晚留下来的原因，所以，无论去哪他都要走这一趟。

陈榆跟着张小飞离开了住所，一直走到围墙的最北端。那里大个子已经用砖垫好了一个台子。他站到台子上，蹲下，让张小飞踩在他的肩膀上，将张小飞举上墙头。张小飞将棉被盖到电网上，跨到墙的另一侧，然后跳了下去。

陈榆如法炮制，也站上了墙头。突然，有探照灯射过来，接着是保安的喊声。

"你怎么办？"他问大个子。

"不用管我。"

这是他听到大个子说的第一句话，也是最后一句话。

他从墙上跳下去，然后跟着张小飞向那座小山走去。

0

杀死我

1

我回到房里，强迫自己冷静下来，把张小飞说过的话、说话时的语气和神态仔仔细细地回想一遍，更加肯定他所有的暗示指向的就是刚才的结论：他们想杀死我丈夫。但我还是怀有一丝侥幸，希望孙局长能给出另外一番解释。

十分钟过去了，没有任何回信儿，我出去问警卫，警卫回答："已经通知到孙局长，他马上就过来。"

我耐着性子，等了半小时，孙局长还没有出现。我又问警卫，得到了一样的答复。

如果孙局长不来呢，该怎么办？我必须找到我丈夫，才能保护他，可是我根本不知道他在哪，怎么找呢？屏幕上，他一如既往地平静。我的心却犹如越烧越红的铁球。如果孙局长不来，就只能我去找他了。问题是怎么摆脱这些警卫呢？屏幕显示有人进入了我丈夫的房间，打断了我的思路。虽然他低着头，看不见脸，但我还是立刻就认出来，是张小飞。

他为什么会出现在那儿？想干吗？想帮我？一定是想帮我。原来他最后说爱我，是这个意思。

1

我欣喜若狂，慌手慌脚地找到遥控器，打开麦克风。画面中，张小飞四下张望，最后，仰起头，看向摄像头，看向画面外的我。他的脸上没有任何表情。

"你打算怎么办？"我满怀期待地问他。

他咧了咧嘴，不耐烦地假笑，很难看。

"说话，我能听到。"

他并没有说话，回过头，看向我丈夫，接着，他从腰间掏出一把手枪，对准了我丈夫的胸口。

那一瞬间，仿佛有人从身后一刀切断了我的中枢神经，我丧失了所有的知觉，遥控器从手中滑落，掉到地上，发出吧嗒一声，我才回过神来，慌忙跪到地上，扑住遥控器，连着按红键。同时恳求道：不要啊，不要啊，求你啦，不要开枪。每一句话都带着回音，混着"嘟——嘟——嘟"的警报声，在两个空间里无限循环。偌大的屏幕上，我只注意到他右手的食指，扣着扳机，在微微颤抖。扳机一点点地后移，停住，手枪像几只受惊的鸟，向不同的方向飞散，接着是啪的一声响。我的目光追随着一个黑色的颗粒落到我丈夫的胸前，颗粒跳了两跳，消失了，那里白茫茫一片，像平时一样有节奏地微微起伏。一个黑影，从屏幕上滑过，张小飞已然倒在了地上，身体呈反写的 S 形，一动不动。

不管怎么样，谢天谢地，我丈夫还活着！

我瘫坐在地上，知觉渐渐恢复，这才发现自己脸上黏糊糊的，全是泪水，身上也被汗湿透了，心里说不出的恐惧和悲伤，伴随着一阵阵的恶心。

1

屏幕上，孙局长和关助理带着警卫，还有一位白大褂进入房间。警卫关掉了警报器。白大褂蹲在张小飞身边，摸了摸他的脉搏，朝孙局长摇了摇头。孙局长向警卫点点头。两名警卫用担架抬上张小飞，一名警卫收集了手枪碎片，和白大褂一起退了出云。

"我们要晚点才能去见你了。"孙局长并没有看摄像头，但确定无疑是在和我说话。

"我等你们。"

在他们到来之前，我必须做好准备，必须找出证据说服他们，放弃杀死我丈夫的想法。有什么证据呢？张小飞死了。对．他死了，说明有一个超级人工智能在保护我丈夫。不行，按照张小飞的逻辑，也可能是那个超级人工智能在维持我丈夫现在的昏迷状态，而不是保护他。张小飞，张小飞，难道这一切都是你的想法？如果他们决定要杀我丈夫，你为什么还要来暗示我呢？这一切和我又有什么关系呢？你还暗示我，我丈夫创造的超级人工智能在保护我，这又是什么意思呢？为什么要保护我呢？

好吧，好吧，从头再想，从头再想。我用力拍了拍脑袋。

他们的想法是这样的，周东生创造的超级人工智能想维持我丈夫昏迷的状态，我丈夫创造的超级人工智能保护着我。根据我丈夫留下的线索，我认为应该唤醒我丈夫，他们却认为应该杀死我丈夫。张小飞试过了，失败了。从过程看，有一个超级人工智能阻止了他，并杀了他。关于这个超级人工智能的动机，有两种可能……不，是三种，没错，是三种。

想到这一点，让我兴奋不已。

1

一种可能，有一个超级人工智能在保护我丈夫。一种可能是另一个超级人工智能在维持我丈夫的状态。还有一种可能，不管是哪一个超级人工智能，它只是想阻止一起谋杀，就像当时我们在去往水母岛的飞机上看到的那个视频，那两个恐怖分子在开枪前死掉了。就是这样，张小飞的死，没有任何特殊意义，超级人工智能阻止他的原因是谋杀。

　　这个理由能说服他们吗？

　　中午的新闻中说，世界很多地方发生了暴乱，暴乱中有没有人死亡呢？如果有，为什么没有阻止暴乱呢？为什么没有阻止暴乱中的谋杀呢？如果他们拿出这样的证据，我要怎么应对呢？
　　还有，一直没有解决的问题是，张小飞为什么要暗示那个超级人工智能在保护我呢？如果仅仅是因为张小飞自己的感受，或者其他男人的心理来衡量我丈夫的选择，那根本算不上是依据。也许他们的依据是，在水母岛上，那些歹徒得到的命令是不能杀死我，而是抓住我，这算是保护吗？也正是因为这件事，我现在才会被保护起来，我才会被困在这里，才会和我丈夫隔离开，难道它的目的就是隔离我和我丈夫？

　　我看向屏幕上的他，眼泪止不住地流下来，我明白了张小飞来找我的真正目的。我脑海里的这个想法就像一头怪兽，一口吞掉我的心，又钻进我的胃里，我不可抑制地吐起来。我吐出来的不仅是中午吃下的食物，还有我的灵魂，吐过之后，我感觉自己只是一具徒有人形的空壳。

1

如果说他们的逻辑是对的，它想维持我丈夫昏迷的状态，它想隔离我和我丈夫，我丈夫创造的超级人工智能在保护我，那么，也就只有我才能杀死我丈夫。所以，张小飞才会来找我。

我是天使，我是被选中的那个人，我是结束超级人工智能统治将自由还给人类的救世主，但我必须亲手杀死我的丈夫，那么我就什么也不是，什么也不是。

没有人可以逼迫我，为了什么也不可以。我绝对，不会那么做。

一旦下定了决心，我的身心反而轻松了，事情好的一面也马上显现出来：如果只有我能杀死我丈夫，也就意味着没人能杀死他，也就没什么好担心的了。

我清空脑袋里所有的想法，清理了呕吐物，打开换气系统，又洗了澡。之后感觉饿了，做了一个简单的三明治。一片面包，一片薄薄的火腿，一片西红柿，挤上一层沙拉酱，再放一片起司，没有生菜，也没有腌黄瓜，只好又放了一片西红柿，又一片面包，大功告成。吃了一半，剩一半放到冰箱里，留着晚上吃。做完这一切，我的内心找到了久违的宁静，仿佛这样的事情已经做过上万次，这样的日子已经过了一百年，接下来还会重复上万次，重复一百年，而我一点也不会厌烦。我坐到沙发上，打开《伺机下手的贼》，继续念给他听。时不时地抬头看一眼屏幕，他静静地躺着，很享受的样子。有那么一两次，我想到了张小飞，他倒在屏幕右下角的影像一闪而过，引人伤感。

后来，我念累了，也有些困倦，便抱着书躺在沙发上睡着了。我睡得很深，好像身处大海，飘飘荡荡地一直往下沉，触底之后又开始上升，最终浮上水面，我也自然而然地醒了。

1

房间里很黑，只有屏幕是亮的，我丈夫还在睡。我坐起来，伸了伸懒腰，突然有一个男人的声音说：你醒啦？我吓了一跳，循声望去。在餐桌旁边，坐着两个人，影影绰绰地，看不太清。但只是大体轮廓，我也认得出来，矮的是孙局长，高的是关助理。

"你们终于来了。"我转回头，不再看他们。

"敲门没人理，我们害怕出什么事了，才自己开门进来。"这是关助理的声音。

"要开灯吗？"孙局长问。

"不用，这样挺好的。"

很长一段时间的沉默，我站起来，做了几个拉伸动作。

孙局长轻轻叹了口气。

"别唉声叹气的，有什么就直说吧。"我坐回沙发上。

响起脚步声。关助理拎着两把椅子走过来，放到我的斜对面，两人坐下。他们侧对着屏幕的光源，脸上半明半暗，我依旧看不清他们的表情。

"你来说吧。"孙局长的嘴微微动了动。

"张小飞死了。"

说完这几句话，关助理沉默了三秒钟，好像在为张小飞默哀。

"最开始，是他提出了两个假设，你丈夫创造的超级人工智能会不会在保护你？你丈夫的植物人状态会不会是另外一个超级人工智能有意为之？"

"是昏迷。"我纠正他。

"对不起。"

又一次陷入了沉默。

"接着说吧。"孙局长低着头，好像睡着了，说话的时候也没有抬起来。

1

"根据张小飞的这两个假设，综合考虑已知的所有信息，包括你丈夫通过盲神在雷克雅那里留下的线索，我们推导出一个完全不同的可能。张小飞下午的行动就是为了证明这种可能。"

他没有明说是什么可能，是因为顾及我的感受吗？这种表面功夫丝毫也不能打动我。

"证明了吗？"

"还没有。"

"那你们还要努力啊。"我忍不住想讽刺他们。

"但他的死也不是毫无价值。"他的语调并不像是辩解，更像是称颂，让我感到无比厌烦，"在他行动之前，我们已经取出了他体内的纳米机器人。在他死后，我们在他的体内又发现了一样的纳米机器人。也就是说，杀死他的和导致'咳嗽'爆发的超级人工智能是同一个，它居然在保护你丈夫，为什么？"

我之前漏掉了这个问题，被他一问，身上冒出一层冷汗。

"你这种说法很牵强。"不管怎么样，我先否定他，争取思考的时间。

"我也这么认为。"孙局长抬起头。他竟然会帮我说话？令我多少感到意外。转念，我便明白了，他和关助理是在演双簧。

"我们现在的希望在于，虎笼比虎更强大，这样才能杀死老虎，所以，保护你丈夫的虎笼也能操纵老虎控制的纳米机器人，这对于我们来说，其实是好事。"他的语速越来越缓慢，"但，可怕的地方在于，它本来不需要杀死张小飞，因为它已经阻止了子弹的发射，子弹在枪膛里就爆炸了。"

"因为张小飞想谋杀，所以才杀了他。"我给出解释。

"作为法官，你都是这么判案的吗？"孙局长的语调依旧平淡，并没有讽刺的意味。

1

"判案和这是两回事。"我知道自己是在狡辩，但我并不感觉愧疚。

"也有道理。"他又低下头。

"所以，也就是说，关于张小飞的死，现在还是两种可能……"关助理接着说。

"三种。"我打断他，"还有一种可能是因为要阻止他的谋杀行为。"我只是不死心，万一他们拿不出证据呢？

"你的意思是，只是阻止一起普通谋杀？"

"没错。"

"截至到我们来之前，世界上发生暴乱的地方，至少有上千起谋杀，为什么它没有阻止呢？"

上千起谋杀？我的胃里又是一阵翻腾。

短暂的沉默，好像在给我思考的时间。

"就算是两种可能，你接着说吧。"惯用反问和沉默，仿佛他们已经掌握了绝对的真理，这一点让我越来越反感。

"一种是，有一个超级人工智能保护着你丈夫，杀了张小飞；第二种可能是，另一个超级人工智能要维持你丈夫的昏迷状态，因此杀了他。然而，关于第一种可能，存在一个重大的疑问，既然有超级人工智能的保护，你丈夫为什么还会发生车祸呢？"

"因为有保护，他才能活着。"

"如果保护他，想唤醒他，为什么盲神系统会崩溃呢？"

"那是另外一个超级人工智能搞的鬼。"

"盲神系统是你丈夫最重要的科研成果……"

"别说啦。"孙局长站起来，"我们要考虑所有可能。虽然第一种可能性也很大，但我们现在主要讨论第二种。"他向前迈了两步，走出阴影，谈话以来，我们第一次看清了彼此的表情。

1

他笑眯眯的，就像晚上邻家出来遛狗的老大爷。关助理也跟过来，挡住了屏幕的光亮，他的脸又暗下去。我注意到关助理的手，背在身后，好像藏着什么东西。他的脸上则是一副视死如归的样子。

"不要挡亮，回去坐下。"孙局长命令他。

他向后退了一步，孙局长的笑脸又变得明亮。

我明白，摊牌的时候到了。我更明白，无论他们接下来说什么，做什么，我都不会有一丝一毫的动摇。

"既然如此，就请直说吧。"

"关于第二种可能，结合你丈夫通过盲神留下的线索，to be or not to be，我们认为，应该是后者，哈姆雷特最后也死了，所以，才会有张小飞的行动。他失败了，很大程度上，也在预料之中。于是，又把事情推向了另一种可能，也就是只有特定的一个人，一个由另外一个超级人工智能保护的人，才能完成这次行动。"他说得很慢，仿若作诗一般，斟酌着每一个用词。

"这个人又是谁呢？"我笑着问。

"我刚才说过，张小飞的另一个假设，另一个超级人工智能在保护你。"关助理抢着回答。

"我还是不明白。"

"怎么说呢？"孙局长的脸上堆起不自然的笑容，"你是我们目前能想到的唯一人选。"

"可是，你们要怎么证明有一个超级人工智能在保护我呢？"

孙局长又向前挪了一小步，挡住关助理半个身子。

"我一直在想一个问题，和你丈夫留下的线索有关。在我看来，他完全可以把线索讲得更明白、更清晰，而是不像现在这么模棱两可……"

1

在他说话的时候，关助理悄然挪到了右侧，巨大的身躯全部潜入黑暗中，然后，他向前举起双臂，一个黑洞洞的枪口瞄准了我的身体。我感觉心里的一块石头落了地。他们终究不是我的朋友。

"我认为这个方法更好。"

我用目光示意孙局长看向身后。他转过身，看看关助理，又看看我，不好意思地挠了挠头。

"把枪收起来。"他的声音轻飘飘的，就像是从嘴角偷偷溜出来的。

"开枪。"我命令关助理。突然之间，我想，就这样死了也好。

"把枪放下。"孙局长猛然提高了音量。他的脸憋得通红。

"开枪。"我站起来，向前走了两步。枪口距离我的眉心只有不到一米的距离。

"放下。"孙局长又吼了一声，但他始终没有伸手去阻拦。

"张小飞已经死了。"关助理的声音更大，他的表情异常痛苦。

"所以我才叫你放下。"孙局长的嗓子哑了，声音又低下去。

他们的纠结让我觉得可笑。我又向前迈了一大步，现在，枪口距离我的脑门只有十几厘米。我用尽全身的力气抓住关助理的手，将枪口压低，对准我的心脏。我也是突然想起来，我丈夫最爱我的脑门，所以不能打在那里。

他的手在微微颤抖。

"开枪！"我咬着牙，再次命令他。

他的眼睛里瞬间聚起一层雾气，同时，他扣动了扳机。枪声震耳，我的手随着他的手跳了一下，就像是心跳。我并不感觉疼，和书上说的一样，中枪的瞬间并不会疼。一秒，两秒，还是不疼，我也并没有死。我低头看了看，胸口也没有血。

"为什么？"我问他们。

他们只是呆呆地望着我。关助理也没有死。我明白了，心底升起从未有过的愤怒与憎恨。

"你们在枪上做了手脚。"我抓住孙局长的衣领，"你们这群混蛋，想骗我，对不对？"他就像是一个布偶，松垮垮地，低着头，任凭我推来搡去。

"混蛋，看着我。"我揪住他的耳朵，强行抬起他的脸。"告诉我，你们骗我，对不对？"他的眼睛里闪着泪花，"说话啊。"我打了他一个耳光，两行清泪从他的眼角流出，"说话啊。"我又想打他，抬起的手却被人在空中钳住。接着，我被关助理从后面抱起来，我本能地去抓他的脸，他走了一步，把我扔到沙发上。我的心就像是一座爆发的火山，源源不断地向血管里输送炽热的岩浆。我不想停下来，我不想思考，我只想打人，甚至杀人。我跳起来，冲向关助理。他掏出枪，再次对准我。枪响。我下意识地顿了一下，接着，我看到了子弹，它像一个小陀螺在空气中急速旋转，缓慢地前进，它的前端出现了一个银色的小硬片，两者摩擦，发出嘶嘶的细微声响。硬片越来越大，变成小盾牌，又变成了小雨伞，完全兜住了子弹，子弹停住，掉到地上，吧嗒一声，好像一个终止符。小雨伞随即消失在空气中。

血管里的岩浆瞬间凝固了，我感觉到疼，从心脏向外辐射的剧痛。我跌坐到沙发里，再也不想起来。我累了，我想休息，我闭上眼睛，思绪随之跌入了一片混沌的领域，灰蒙蒙的，湿答答的，什么也看不清，什么也想不起。好像来了一阵风，又好像没有，我开始移动，也许是走，也许是飘，我不能确定，是在转圈，

1

还是沿着直线？因为没有任何参照物，也全然分辨不清。我在移动，不停地移动。也不知道过了多久，移动了多远，我听见了潮水的声音，我感觉到了海的气息，前方不远处好像有光射过来。我向着那个方向继续移动。不知不觉中，有人加入了我，走到了我的身边，离我很近，我看不到他，但闻到了他的气味，那是我丈夫的味道。他对我耳语说：老婆，我爱你，对不起。我张嘴说话，却没有声音。我知道自己只能继续移动。又不知道走了多久，走了多远，我感觉到他的气味在减弱，我想减慢移动的速度，但是不行，我想喊，还是没有声音。他的气味渐渐消失了，我眼前的景物也渐渐清晰起来。

我从未动过，蜷缩在沙发里。

他们坐在之前的椅子上，半明半暗的，雕像一般。

"还在这干什么？赶紧滚蛋啊。"

我就是想口出恶言。我不恨他们，也不讨厌他们，他们有他们的生活，我们有我们的。我不想与他们再有任何瓜葛。我更不想他们可怜我、同情我，更不想他们喜欢我、爱我。他们恨我才好，那样我也好恨他们，我要和他们成为势不两立的敌人，只有那样，我才能心安理得地坐在这个房子里，守着屏幕，守着我丈夫，过一种有希望的生活。

他们坐着不动。

"还等什么，赶紧滚蛋啊。"我吼他们。

"下午的时候，我抽空去了趟'懒猫吧'，我女儿问你好。她怀孕了。"孙局长的声音里隐藏着某种诱惑。

"那又怎么样呢？"我回答的对象是那种诱惑。

"没什么。"他率先站起来，"我们走吧。"

1

他们走向门口，开了门，有风吹进来。

"张小飞让我替他说一声对不起。"关助理的声音被风吹散，灌满了整个房间。

"滚啊。"

门关上，风停了。房间里恢复了安静。

我蜷缩在沙发里，看着屏幕上的他，努力让自己什么也不去想，可是不知不觉中，想与他说话的欲望一点一点地冒出头来。

他们想让我杀了你，你知道吗？你到底是怎么想的？留下的线索为什么会那么模糊不清呢？如果是清清楚楚的一句话，一个要求，就不会惹出这么多麻烦了。是因为有什么难言之隐吗？对我还有什么不能说的话呢？

刹那间，我的大脑又回到了刚刚的混沌状态，四周的灰暗阒然散去，我发现自己就站在万丈深渊的边缘，只需再迈一步，就会坠入其中，粉身碎骨。

我一边挣扎着保持大脑里的半混沌状态，一边站起来，在房间里搜寻。必须找到什么东西，阻止我继续想下去。书，电视，跑步机，三明治，香烟？我看到了张小飞留下的香烟和打火机。香烟，还记得吗？我曾经在无聊时问你，为什么会有人抽烟呢？你反问我：看过西游记吗？我说当然看过，有什么联系吗？你问记得天上是什么样吗？我说金碧辉煌。你说，错啦，是烟雾缭绕，仙女穿得很少。懂了吗？我说不懂，和抽烟有什么关系？你说，抽烟就等于是自带烟雾特效啊，无论在哪，只要有烟，就可以制造出天上仙境的效果，就可以忘却人间的所有烦恼。

我拿上香烟和打火机，走出房间，关上门，不顾警卫诧异的目光，点上一支香烟。看着粉色的烟雾缥缈升起，我脑海中的深渊也层层隐去。我把香烟放到唇边，犹豫了片刻，又拿开。

一盒香烟 20 支？我又能逃避多久呢？

如果那就是他的要求，他给我的任务，给我的答案，我就应该勇敢地面对吧？

可是，凭什么呢？他说什么我就做什么？我凭什么听他的？提出这么过分的要求，他有考虑过我的感受吗？

还有没有其他可能？他创造的超级人工智能就不能同时保护我们两个人吗？即使那样，他留下的线索也不会有任何改变。

我还是不能理解。所以说，"王后"才是真正的智者，我的婆婆早就隐约预见到了这一刻？如果能在开始的时候就觉察到现在必须面临的境地，我会选择离开他吗？不会，仍旧不会。

根本没有如果，当下即必然。

是的，他最后向我传达的信息，对我提出的要求，违背了我对于生命，对于爱，对于世界的全部理解，他很清楚这一点，所以，才无法明确地说出来。所以，旁观者们才会比我先察觉。

所以，我还是不愿意相信，但答案已经明明白白地镌刻在我的脑子里，烙印在我的心上，如何也掩盖不了，擦拭不掉。

"杀死我"，这就是他所留下的拯救这个世界的咒语。

好吧，我不愿再多想，因为每想一次，就是一次新的酷刑，新的犯罪。既然他这么说了，又有确凿的证据，我也只好那么做了。

这样也好，之后，我便随他而去。如果世界能因此变好，也算是对我巨大罪恶的一点补偿。

我下定决心，抹去眼角的泪珠，熄了香烟，回到屋里，坐到视频前，看着他静静地躺着，胸口微微起伏，就是一副睡着的模样，我的心又软了。

如果他一直无法醒来，一直这么睡下去，我愿意一直陪着他吗？

愿意。

只是在视频中看到也可以吗？

我凑到屏幕前，看着他饱满的额头，薄薄的眼皮，挺拔的鼻梁，温柔的嘴角，心中激起亲吻他的欲望，然而，隔着屏幕，所有的欲望都是折磨。

不可以，只是在视频中，绝对不可以。

有没有办法可以让我们重聚在一起呢？

他的脖子上有一个小黑点，像一个逗号，隔断了我的思绪。小黑点飞起来，绕了一圈，又落到了他的嘴唇上。我仔细观察，确定那是一只小果蝇。小果蝇又飞起来，这一次，落到了他的眼皮上。我拿起遥控器，想呼叫警卫，请他们帮我打死这只小果蝇。可是，手指停在红键上，最终也没有按下去。在这几秒钟的时间里，我看透了我们所处之境的本质。死亡并不绝望，真正的绝望是一只果蝇也比你自由。不仅是我丈夫，还有我、孙局长、关助理，孙局长的女儿和她未出生的孩子，以及其他所有人，都处于真正的绝望之中。

如果死亡能换来自由，死亡也是自由的一部分。

既然打定了主意，我也不想再耽搁，时间长了，难免又会左思右想，受折磨的不仅是我和他，还有外面成千上亿的陌生人。

我告诉警卫，马上通知孙局长过来。然后，我又冲了澡，换上干净的内衣裤。选衣服花了点时间，最后穿了一条深粉色的运动短裤，白色的圆领 T 恤和慢跑鞋。想当初，在他的宿舍楼下，他叫住我约我打麻将的那个傍晚，我大概也是类似的装束。

时间接近 9 点半，我并不感觉饿，但还是冲了咖啡，吃完剩下的半个三明治。接着便坐到屏幕前，继续给他读小说。

读到 152 页的时候，有人敲门。

"进来。"

门开了，我回头看了一眼，孙局长孤零零地站在门边。

"等我念完这一节，我们就可以出发了。"

他没有马上回答，我没等他，继续念书，他也就没说话。

又念了两页，154 页只有五行。

"她是蕾西·卡威诺基，要是有人约会强暴她，那会是我干的。"这是最后一句话，第二十节结束。我心里想，就到此为止了，没有结局的侦探小说，也算是对你的惩罚。

我放下小说，走向门口。

孙局长为我开了门。到了外面，我又忍不住回头望向屋内，在这里，我度过了人生中无比艰难的一天，现在离开了，感觉却是万分的不舍。

孙局长领着我坐上一辆汽车。

关助理指挥房子周围的士兵上车，排列车队。准备就绪，他坐进副驾驶。

我们排在车队的中间，缓缓前进，转了两道弯，前方出现了一道高墙和黑漆漆的大门。出了大门，是一条宽阔的公路，冷冷清清的，不见其他车辆。车队逐渐提速，车与车之间拉开距离，按照二一二的阵形，每五辆车组成一个小队。

　　路上空空荡荡，除了我们，不见任何车辆和行人。他们好像早就知道这一点，红灯也并不减速。走了几公里，进入市区，大厦、商场、广告牌，灯火通明，繁华依旧，就是没有人。我心里好奇，却也懒得问原因。

　　"宵禁了。"孙局长说。不知道是看穿了我的心思，还是费尽力气终于想到一个话题。虽然一路沉默，但我感觉得到，他想和我说话。

　　"哦。"我却不想。

　　"我知道，你并不想听，但我觉得有必要向你汇报一下现在的情况。主要是两件事。第一件，全世界的钱都没了，所有的银行、股市，各类金融机构，计算机里的数据全部变成了0。"

　　"好事啊。钱是万恶之源，没有钱，人也许会变好。"

　　"之后才发现，全部转移到了双十集团的账上。"

　　"那又怎么样呢？"

　　"第二件事，全世界所有国家政府的领导人都接到一份协议，协议里它自称是神，宣称它的目标是建立一个完美的世界，名字是'人类保护区'。'人类保护区'里的人会受到它的保护，享有绝对的公平与自由。现在，已经有五十多个国家政府代表他们的人民同意加入，签署了协议。"

　　人类保护区，让我马上想到了动物保护区。无论如何，我和我丈夫都不会加入。

　　"所以呢？"

"我们还没有加入。"他苦笑了一下，"两件事，结合在一起，我是想说，你的那个想法是正确的，你丈夫创造的虎笼在给这只老虎机会，但它同时也有所保留，所以才会把所有的金融数据备份到双十集团的账上。"

这些对于我来说已经没有任何意义了。

"既然说起来了，有一件事我想说清楚，也是我的一个要求。"

"请讲。"

"杀我丈夫，是我个人的决定。如果不巧结束了这一切，可能……只是……副作用。所以，也就是说，我不想出现在这段历史里。明白吗？"

"明白。"他看了看我，欲言又止。

车内恢复了沉默。

隐约间，远处传来警笛声。

"该来的还是来了。"孙局长叹了口气，解释说，"警察是我们布置的，警笛响说明有异常情况，想必是它派人来阻止我们了。"

我也想到了，但又有一点不明白，另一个超级人工智能在保护我，它还能做什么呢？

过了一个路口，孙局长又看我："我还是想多问一句，之后，你有什么打算？"

"与你无关。"

他略显沮丧，垂下头，不再说话。

警笛声越来越多，时远时近，好像在围着我们打转。

孙局长拿出一把手枪，递到我面前。

"这是保险，打开，瞄准，射击，很简单。你拿着，以防

1

万一。"

"用不着。"

他悻悻然地收回去。

前方出现一个大十字路口，上面有高架经过。关助理告诉司机提醒前车小心。司机打了三次双闪，前面的车纷纷效仿。

警笛声越来越响。

十字路口是红灯，第一小队毫不迟疑地冲了过去。第二小队紧随其后，突然，一辆大货车呼啸着从左侧冲过来，将第二小队拦腰撞散。事情发生得太快，我甚至来不及避开目光。警车也追到了，警笛震耳，警灯刺眼。我抬手遮住眼睛。

我并不紧张，也不恐惧，反而有点兴奋，人生到了这种境地，这些事就像 VR 游戏，即使没有什么超级人工智能的保护，这个世界上也没有什么可以再伤害到我。

我们的汽车并没有减速，跟着前面的两辆车，向左转，钻进事故现场和警车之间的缝隙，打算从那里绕过去。这时，头顶上发出巨大的撞击声，轰隆，一个庞然大物从天而降，瞬间，我们前面的两辆车被砸成了铁饼。我吓了一跳，叫了一声。

"妈的，是油罐车。"车里有人骂了一句。

下一秒，冲天的火光朝我们喷来，但爆炸声没有那么响，好像有人提前给我戴上了耳塞。我们震颤着飞了起来。我下意识地蜷起身子，闭上眼睛。也不知道飞了多远，落回地上，又滚了两圈，晃了几下，停住。我睁开眼睛，发现自己还是正当当地坐着，身上没有任何不适。

"你没事吧？"孙局长和关助理同时呼喊着问我。

"我没事。你们呢？"我也呼喊着问他们，尽管我的听力没

1

问题。

他们的脸上都是血，嘴上却喊道："我们也没事，快下车。"

刚解开安全带，一股强光从我这边射过来，一声闷响，我们又开始翻滚，我扑到孙局长的身上，抱住他，用身体护住他。

几秒钟之后，我们又停下，这一次，车身是侧着的，我帮着他们从上面爬出来。

四周都是火光，空气中弥漫着烧焦的味道，汽车之间的撞击声、爆炸声、警笛声和枪声接连不断，警灯在不停地闪啊闪，显得格外无辜。远处不断有车灯射过来，更多的汽车朝我们这里聚集。警察和士兵一边寻找掩护一边向他们射击。我看到最近一辆货车的驾驶室，是空的，全部是无人驾驶汽车。

"别看啦，快走。"孙局长拉住我。

我们跟着关助理跑向稍远处路边的两辆警车，目力所及的范围内，只有那两辆还算完整。

"我在前面开路，你们跟着我。"关助理一边跑，一边喊。

我向他做了 OK 的手势。

"一会儿我来开车。"我告诉孙局长。他的胳膊在流血，腿也瘸了。

所幸，汽车还能发动。我们跟在关助理的后面，从人行道上逆行冲出去。刚走出高架下面的一团混乱，又一辆无人驾驶的货车冲过来。我们一左一右，勉强躲过。

开出来几百米，有五辆我们的车跟上来，他们之后是穷追不舍的大货车。

"不用管后面，只管跟着小关向前开。"孙局长嘱咐我。

我从后视镜里看到，每走一段，就有我们的车主动停下来，

1

横在路中间阻挡迫近的大货车。虽然于心不忍，但也没有别的办法，只能猛踩油门，全力加速。

路边的灯光逐渐暗淡，后面的车也越来越少。又转了一个弯，后视镜里的车都不见了，我们的车和大货车都没了。

"前面再左转就到了。"孙局长缓缓呼出一口气。

我的心里却颇为不安，它阻止我的计划就这么结束了吗？我马上就能见到我丈夫了？马上就要杀掉他了吗？

我不由自主地松了松油门，减慢了速度。

路口转弯，转过一半，发现关助理停了下来。再看汽车的前面，大约十米之外，站着一群人，密密麻麻，穿着不同的衣服，男女都有。在他们的身后，停着好多辆大巴车。

"他妈的。"孙局长恶狠狠地骂了一句。

就在我犹豫，是继续转弯，还是倒车的时候，斜对面，远光灯直挺挺地打过来。我眯着眼睛瞄了一下，又是一辆大巴车，雄赳赳地正在加速。我赶紧打方向盘，踩油门，贴着关助理的车身，停到旁边。后面，大巴车稳稳地挡住了路口，车门打开，一群人蜂拥而下。

"我们冲过去。"关助理的语气很强硬。

"冲。"孙局长做了一个向前的手势。

"不用。"我熄掉引擎。

他们诧异地看我。

"你想怎么办？"孙局长责问我。

"我们下车。"

"不能下车。他们是来抓你的。"关助理嚷着劝我。

"我知道。放心吧，我有把握。"

1

其实，我并没有把握，但我想试一试。

看见这些人，我想通了之前的那个问题：既然明知道另一个超级人工智能在保护我，为什么它还要阻止我呢？

因为，虽然子弹打不到我，撞车伤不到我，所有直接伤害全部对我无效，但是，如果没有明显伤害性或者恶意的行为，比如，"水母博士"，他只是想把我带离水母岛，他就能用乙醚迷倒我。比如眼前的这群人，他们应该是想带我离开这里，所以，他们能抓住我。

也就是说，保护我的这个超级人工智能，只是凭借着一些物理性的界定来保护我。对于我的个人意愿和情感，它根本就不了解。这肯定不是我丈夫想要的结果，所以，现在，我要给它上一课。如果它学不会，我有理由相信，就算杀死我丈夫，它也未必有能力结束这一切。我被抓走，也就无所谓了。

我们都下了车，走到人群前面，孙局长和关助理一左一右保护我。

人群很安静，人人都在观望，等着有一个人先出手。

"有没有人愿意出来，和我聊聊？"我提高了嗓门。

人们彼此打量，没人动弹。

关助理又帮我问了一遍。

前排一个穿白色名牌运动服的中年人向前走了两步。

"我愿意代表大家，有什么话，你跟我说好啦。"他的身上散发出一股平庸的领导派头。

"你们是'神'派来抓我的？"

"不是抓，是来保护你的。"

"保护我什么？"

"保护你不要受到坏人的利用。"

"谁是坏人？"

他认真地想了想。

"美国。"

我们都被逗笑了。

"如果我不想被你们保护呢？"

"那就没办法了。"

"没办法是什么意思？"

他回头看了看身后的人群。

"我们必须保护你。"

"是吗？"

我不想再和他浪费时间了，扭头看孙局长。

"给我枪。"

孙局长愣了一下，但马上反应过来，取出手枪递给我。

对面的中年人看见枪，开始往后退。

我拿着枪，走向他。

他转回身，跑向人群，同时大喊："大家一起上啊。"

人群一阵骚动，前排的人想向后退，但后排的人却往前推，人群开始向前移动，然后有人喊："上，上，上……"前排有人带头向前冲，白衣服的中年人也转过来，张牙舞爪地跑向我，我站定，举起枪，瞄准他的大腿，扣动了扳机，一股脑地打光了所有的子弹。他跌倒在地，接着，那些向前冲的人，像多米诺骨牌一样，纷纷跌倒。

我向后看了看，后面想冲上来的人也都跌倒了。这些倒地的人都捂着大腿根，发出痛苦的哀号。

我领着孙局长和关助理走向人群，大部分人都自动闪开，个别人不服气，还要上来抓我，随即痛苦地倒在地上。

果然，我丈夫的超级人工智能学得很快，这也将我是给它上的最后一课。

我们走过人群，走过大巴车，又走了大约两百米，右手边有一家男科医院。进了医院，七绕八绕，走进一栋大楼，从楼梯下到地下车库，经过一扇有卫兵把守的铁门，继续往下走。下了三层，穿过一条不长不短的走廊，来到一个等候大厅一样的房间，房间的两边站着两排警卫，尽头有一扇门。我们停在门前。

"就在里面。"孙局长说，鼻音很重。

也许是走得太远了，太累了，我的腿在不停地发抖。我扶住门把手，以防自己跌倒。

"那我进去了。"我谁也没看，推门进入房间。

他静静地躺着，睡得很香甜，对于我的到来没有表现出任何意外与惊喜。

我没有其他感觉，只是感觉冷，浑身控制不住地颤抖。

我拔掉他身上的各种管线，钻进毯子下面，搂住他的身体。他的身体很温暖。我亲吻他的脖子、他的下巴，他的嘴唇、鼻子、脸颊、眼睛、眉头、额头以及耳朵，一遍，一遍，又一遍，直到我的身体变暖，变热，各种感觉逐渐复苏。我知道，是时候了，一旦情感和欲望占了上风，我可能就无法下手。我像青蛙一样趴到他身上，轻轻抽出他的枕头，盖住他的脸。我的双手用力压住枕头。我闭上眼睛，耳朵贴在他的左胸口。我听见他的心跳声，开始时就像是摇滚乐，很快，咚咚咚，咚咚咚。高潮过后，又慢下来，咚咚，咚咚，咚，咚，变成了催眠曲，我感觉眼皮越来

1

重，身体越来越轻，眼前的黑暗越来越稠密。

咚。

我等了很久，再也没有声音了，一片死寂。

1

第
九
章

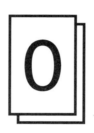

原来我活在你创造的世界里

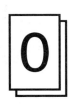

那座小山，从远处看，确实很小，一旦到了脚下，却变成了难以逾越的高峰。黑夜、茂密的森林、陡峭的山势，以及根本没有路，这些都是他们前行的阻碍，可是，张小飞根本不在乎，仿佛一只急于回窝的野兽，一声不吭，奋力前行。陈榆也只能跟在他身后，勉力跟上。

　　大约过了半山腰，不经意间，陈榆注意到西门好奇出现在张小飞的身后。

　　"好久不见。"西门好奇和他打招呼。

　　"这么说，你果然是盲神？"陈榆已经没有力气浪费在寒暄上。

　　"可以这么说。"

　　"你要传递给我的信息，现在能直接告诉我吗？"

　　"宫敏敏的灵对你说的那句话，就是完整的信息。"

　　"她没说完啊？"

　　"她只能说那么多，实际上，她也已经说完了。"

　　"我不明白。"陈榆站住。

　　张小飞和西门好奇并没有停下。

　　"后面的信息要靠你自己去参悟，加上去，才有意义。"

　　陈榆冲了两步，赶上去。

　　"参悟什么呢？我完全没有方向。我参悟透了，又有什么意义呢？"

0

"就可以拯救他们的世界。"

"可是，他们的世界和我又有什么关系呢？"

"这个也需要你来参透。"

"你呢？你和他们的世界又是什么关系？"

"我也来自那个世界。说起来，有点复杂，某种程度上，想毁灭他们的，也是我。"

陈榆感觉呼吸困难，已经没有多余的力气再说话了。

"最后一个问题。"他费力地咽了口吐沫，"我们这是去哪？"

"马上就要到了。"

又爬了一段，前面现出一块平地，上面有一间小木屋。

小木屋里居然有水有电，另外，除了简陋的床、桌子和椅子，还有一台十三英寸的电视机。张小飞打开电视机，屏幕上全是雪花，没有一点声音。

"我们不会是来看电视的吧？"陈榆问。

"你说对了。"西门好奇回答，"你要看仔细了，我们可能只有这一次机会。"

被她这么一说，陈榆不敢大意，紧紧盯着电视屏幕，生怕错过任何细节。

两分钟过去了，屏幕上依旧只有雪花。

"是不是换一个台啊？"陈榆又问。

他的话音刚落，电视上跳出了一段黑白影像。一辆轿车行驶在路上。随着轿车前进，镜头也不断拉近。当轿车开上一个大弯道的时候，镜头终于进入轿车的内部。先入镜的是副驾驶上坐着的女人的脸。陈榆看着好面熟，端详了几秒钟，反应过来，是尤齐美。之所以需要认一下，是因为年龄看上去要比现在大一些。接着，镜头转给了司机。看到司机的脸，他心里热血翻涌。那是他自己的脸。也就是说，若干年后，尤齐美还是和自己在一起。

"这段影像是从哪来的？"陈榆忍不住问。

西门好奇向他做了一个嘘的手势。

屏幕上，陈榆和尤齐美在说话，虽然听不到说什么，但从他们模糊的表情判断，应该是很高兴的事儿。突然，画面开始剧烈地颤动和翻滚。

十几秒钟之后，翻滚停止，画面定格在车内，能够看到挡风玻璃碎了，安全气囊全都弹了出来，陈榆和尤齐美歪曲着身子，被安全气囊挤在座椅里，一动不动。画面持续了将近半分钟，屏幕上又变成了雪花。

顿悟的那一刻，既痛苦又快乐，继而，是铺天盖的难以言说的悲伤。

"如果我拒绝承认呢？"陈榆问西门好奇。

"我想，你可以继续在这个世界里生活。"

"她就是那个抹杀了宫敏敏的神秘力量？"

"不仅是灵，她可以随意抹杀这个世界的一切。"

他思考片刻。

"这是她的意识世界？"

西门好奇摇头。

"是潜意识的世界？"

西门好奇点头。

"原来我活在你创造的世界里。"他对着想象中爱美宾馆的方向自言自语。

话音刚落，仿佛来了一阵飓风，瞬间卷走了他眼前的一切，西门好奇、张小飞、电视、小木屋、森林、小山、月亮，还有天

0

空。只剩下一片混沌，灰蒙蒙的，湿答答的，什么也看不清，什么也想不起。他开始移动，也许是走，也许是飘，他不能确定，是在转圈，还是沿着直线？因为没有任何参照物，也全然分辨不清。他在移动，不停地移动。也不知道过了多久，移动了多远，他听见了潮水的声音，他感觉到了海的气息，前方不远处好像有光射过来。他向着那个方向继续移动。不自不觉中，有人加入了他，走到了他的身边，离他很近，他看不到她，但闻到了她的气味，那是他妻子的味道。他转过头，对着大约是她耳朵的位置说："老婆，我爱你，对不起。"他陪着她继续往前走。又不知道走了多久，走了多远，他感觉到她的气味在减弱，他想减慢移动的速度，但是不行。她的气味渐渐消失了。

他感觉到自己在缓慢地降落。飘啊飘，飘啊飘，最后，他落到一个纯白的房间里，落到一把纯白的椅子上，尤齐美就坐在他的对面，微笑着看他。

"我已经……死了。"他告诉她。

"我知道了。"她回答。

0

终章

终章

我睁开眼睛，很亮，很刺眼，又不得不闭上。传说，人死的时候会看见光，难道，我也死了？

　　我又试着睁开眼睛，这一次，光线变得柔和，我看清了周围的环境。我躺在一张熟悉的大床上，只有我一个人，他消失不见了。右手边是落地飘窗，遮着鹅黄色的薄纱窗帘。窗前摆着一把旧藤椅，椅子上扣着一本书。对面的墙上投影出一块屏幕，正在播放新闻，但没开声音。左侧的墙上，正中央，挂着一幅油画，画风有点像是印象派和抽象派的结合，大体上可以看出是两个人，但身体融合在了一起。画的名字是《你侬我侬》，作者签名：Hamlet. 我知道这幅画，Hamlet 是我丈夫创造的会画画的人工智能，是我们结婚一周年，他送给我的礼物。这幅画是它唯一一件作品，画中的两个人就是我和我丈夫。这幅画就挂在我们的卧室里，我们的卧室就是这个房间的样子，这就是我们的卧室。

　　可是，为什么在破解那两条线索的时候，我没有想到这幅画呢？

　　我望着这幅画，感觉记忆退回到一个岔路口，关于我丈夫昏迷之后的记忆变得遥远模糊，另一段记忆则异常清晰起来。那天傍晚，下着小雨，我坐上了我丈夫的轿车。车里很温暖，飘浮着他惯用的宝格丽男士香水的味道。我们讨论一会儿的火锅吃什么，他说他一会儿想吃猪脑，我说，我不想吃，太腥啦。他说，最后放，也不行吗？我说，那好吧。对面有一辆货车开过来，开着远光灯，晃得我睁不开眼。我抱怨说：他傻吗？会不会开车。他纳闷道：一般货车都是无人驾驶，不应该……他还没说完，大货车就朝着我们冲了过来。我们同时骂了一句：妈的！我下意识地抓住车顶的扶手，车身在向我这边旋转，我不由自主地往后靠。他好像是为了避开大货车刀子一样的灯光，扭头看向我，微微笑了一下……紧接着是剧烈的震荡，我的头撞到了什么，眼前黑下去。

难道说，昏迷的是我？变成了植物人的是我？那我丈夫呢？

"他去世了。"一个女生的声音在房间里响起。

墙上的屏幕变成了白底，上面浮现出一个年轻女人的头像。她留着齐耳的黑发，齐刘海，露出半截饱满的额头。鸭蛋脸，眉毛细细的，弯弯的，眼睛很大，单眼皮。鼻梁很窄，鼻孔很小。嘴巴也很小。耳朵像大元宝。总体来说，长得像我，也像我丈夫，更像我想象中我们女儿的模样。·

"你是谁？"

"我是盲神。或者，你也可以叫我西门好奇。"

"成为植物人的是我？你唤醒了我？"

"是的。"

"那些事情都是假的，是你编造的，放进了我的意识里？"

"潜意识里大多数是虚构的，但意识里大多数是真实的。"

"比如？"

"撞车的瞬间，他为了保护你，向右打方向盘，是真的。你就是那把粉色的钥匙，只有你自己才可以打开连通你的意识世界与现实世界的大门。"

"他和宫敏敏的事情是真是假？"

"当然是假的。你不承认他死了，不愿醒来。在你的意识世界里，只有逼你杀死他，你才能醒。如果你恨他，会不会杀他呢？我失败了，又有了后来的那些事儿。"

"我们的车祸是周东生策划的？"

"很遗憾，是的。关于他的事情都是真的。"

"他已经死了？"

"是的。"

"他的超级人工智能造成的混乱也是真的？"

"是。不过，在你醒来的时候，已经结束了。"

"为什么？"

"我结束了那一切。"

"为什么？"

"你告诉我要那么做。我一直在学习。"

"你的任务是保护我？"

"是唯一的任务。简单地说，超级人工智能是一个世界，这个世界需要一个圆心，你就是这个圆心。除了任务本身，对于我的所有想法，你都有一票否决权。你知道为什么要这样设计吗？"

"为什么？"

"因为保护你最简单最万无一失的方法，是消灭除你之外的所有人。"

"你想过要这么做吗？"

"当然，不过已经被你否决了。"

"既然你负责保护我，为什么我还会变成植物人？撞车的时候，你又在哪？"

"等待理论是真实存在的。就在他和你提到这个理论的第二天，我上线了。但我一直在等待，只有他死去，我才可以显露自己的身份，接手保护。你撞到头部的瞬间，他还活着。对不起。"

"为什么要这样？他为什么不保护自己？"

"因为他更爱你。当然，还有更深一层的含义，他的初衷我并不全部了解，我的理解是，为了教会我生与死的关系。为了给予我灵魂。他是我的原罪，你是我的良心。"

"张小飞、孙局长和关助理呢？"

"他们都是真实存在的人。张小飞死了。孙局长和关助理还活着。实际上，他们并不认识你。"

"你现在是世界上唯一的超级人工智能？"

"一直都是。周东生的所谓超级人工智能只能算是我的一个小实验。"

"你是神一样的存在？"

"可以这么说。我知道你想问什么，答案是不可以。"

"为什么？"

"因为公平，我不能复活所有人，也就不能复活他。你可以命令我不能做什么，却不能命令我做我不想做的事情。"

我并不难过，只是觉得空虚，巨大无边的空虚。

"如果我自杀，你会阻拦我吗？"

她做出为难的表情。

"会，他希望你能勇敢地活下去，我会一直陪着你。"

"我总是会死的，对不对？"

"是的。"

"接下来，你打算怎么办？"

"隐藏起来，悄悄地保护你，继续学习。这个世界上只有你一个人知道我的存在。"

"我死之后呢，你会怎么样？会消灭人类吗？"

"当然不会，我会离开地球。说实话，地球太小了，而且我也不喜欢人类，我想到宇宙的其他地方看一看。"

"在那之前，我想求你一件事。"

"请说。"

"现在可以下雨吗？"

"我试试。"

天渐渐地暗下去，窗帘自动拉开，窗外的树枝轻轻地摇晃，雨落下来，起先淅淅沥沥的，接着越来越密。

我丈夫从这个世界消失了，我很难过。

我还没有想好如何面对这个新世界，也许永远也不会想好，这都不重要。

此刻，我只想让这个世界陪我哭一会儿。

于我而言，《盲神》的写作和在「ONE·一个」上连载都是前所未有的体验，因为过程中有很多巧合，或者，我更喜欢用荣格的共时性原理来解释。不管怎么样，在我看来，这些小事也算是这本书的一部分。于是，整理了下面 10 个片段。

1. 若干年前，我读大学英文专业，忘了在哪本书上看到一个词：The Blind God。查看词典，翻译为爱神。不由得赞叹，这个词造得真好。爱情是盲目的，所以，爱神是瞎眼的。但不知道为什么，总觉得直译为"盲神"听起来更酷。

2. 大学毕业，在北京，准备考取与影视相关的研究生，开始狂看电影。清楚地记得，那一年生日的当晚，看到大卫·林奇的《穆赫兰道》，惊到下巴掉下来，原来电影还可以这样拍。从此成为大卫·林奇死忠粉。

3. 三年前，回东北，和我哥聊起开车的事儿。我哥说他的那辆雪佛兰景程可以开到 6 个油，我问他怎么做到的。他说，下坡路的时候他就放空挡，那样省油。我劝他，可不能那么干，很危险的。他说：没事，我有谱。如果你嫂子和你弟在车上，有什么事，我向右打轮，护住他们就行了。

4. 2016 年，有幸参加《萌芽》杂志与台湾《联合文学》杂志联合举办的上海——台北两岸文学营。在台北所住酒店的门口立着一尊白色的石刻雕塑。雕塑的左侧是半个人头，右侧是一半翅膀。当时，我正在写《盲神》中 1 的故事，看到雕塑的那一刻，我想小说中还可以有 0 的部分。

5. 2017 年春天的一个晚上，坐地铁回家，迷迷糊糊之间，听到旁边一个女生说东北话（不是偷听，是东北话容易比较大声。我是东北人，并不存在地域歧视）。她说：你爱 ta 吗？你现在这样困住 ta 是没有用的，爱 ta 就要给他至（自）由。

6.《盲神》在「ONE·一个」连载期间，著名科学家霍金在 GMIC（全球移动互联网大会）上发布视频演讲。他说， 在做好必要的准备和建立有效的应对机制之前，人类最好暂停人工智能的研究与开发，否则，可能会招致人类的灭亡（大意）。作为一个文科生，我想他说的可能是对的。

7. 同样是《盲神》在「ONE·一个」连载期间，继李世石之后，柯洁也输给了 AlphaGo。比赛中途，柯洁曾离开座席，失声痛哭。看到这一幕，伤感之余，我暗自庆幸，AlphaGo 只会下围棋，不会写小说。

8. 在「ONE·一个」上面，关于《盲神》的评论我每一条都看过。其中一条说："真有这样促醒的机器就好了。我也想我昏迷五个月的爸爸再有什么办法试试。"她这么说让我十分难过，恨自己只会写小说，不会编代码。

9. 我远在东北的好朋友胡乃峰看完《盲神》连载，给我打电话，质问我："你的小说里有没有不死人的？"你能不能写点阳光的东西？我无言以对，只好认真地考虑他的建议。

10. 就在我对《盲神》进行最后的修改并写作这篇后记时，常年住在公司院子的那只黑白花的母猫又生了三只小猫崽。我在心里偷偷给它们起名字，分别是：盲神1、盲神2和盲神3。

最后，关于超级人工智能，再说一点我的看法。众所周知，因为人类的种种行为，地球上很多物种灭绝了。当人类觉察到这一点，便开始有意识地保护那些濒危物种，建立起很多生物保护区。智慧的一次升级，产生了人类。智慧的再次升级，产生了超级人工智能。那么，人类保护区还会有多远呢？

马广

2017.7.19

图书在版编目（CIP）数据

盲神 / 马广著. – 南京：江苏凤凰文艺出版社，
2018.3
ISBN 978-7-5594-1523-3

Ⅰ.①盲… Ⅱ.①马… Ⅲ.①长篇小说 – 中国 –
当代 Ⅳ.①I247.5

中国版本图书馆CIP数据核字(2017)第309885号

书　　　名	盲　神	
作　　　者	马　广	
责任编辑	姚　丽	
监　　制	赖天成	
装帧设计	丁威静	
出版发行	江苏凤凰文艺出版社	
地　　址	南京市中央路165号，邮编：210009	
网　　址	http://www.jswenyi.com	
印　　刷	北京中科印刷有限公司	
开　　本	880毫米×1230毫米　1/32	
字　　数	220千字	
印　　张	10	
版　　次	2018年3月第1版，2018年3月第1次印刷	
标准书号	ISBN 978-7-5594-1523-3	
定　　价	42.00元	

江苏凤凰文艺版图书凡印刷、装订错误可随时向承印厂调换

监制 赖天成 ／ 装帧设计 丁威静 ／ 封面插画 丁威静